Die Rückkehr der Formorer

Phantastische Kurzgeschichten

Martin Skerhut

Die Rückkehr der Formorer

Phantastische Kurzgeschichten

© 2008 der Gesamtausgabe by Martin Skerhut

Textlayout: Martin Skerhut

Herstellung und Verlag: Book on Demand GmbH,
Norderstedt

1. Auflage 2008

ISBN-13: 9783837071825

Bibliografische Information der Deutschen
Nationalbibliothek:
Die Deutsche Nationalbibliothek verzeichnet diese
Publikation in der Deutschen Nationalbibliografie;
detaillierte bibliografische Daten sind im Internet über
http://www.d-nb.de abrufbar

Inhalt

Vorwort   7

Die Liebe eines Vampirs   9

Das Geheimnis der Wolfensteins   19

Wie der Grumpf auf die Welt kam   27

Tamael   33

Pyromon   37

Einleitung: Dämonenlust   41

Freundschaft, Krieg und Frieden   43

Die Rückkehr der Fomorer   59

Eine mysteröse Frau   73

Quellenangaben   81

Der Autor   83

Bibliographie (Auswahl)   84

Vorwort

Dieses Buch enthält keine neuen, unveröffentlichten Geschichten.

Alle hier enthaltenen Erzählungen sind entweder im Internet oder der Zeitschrift KURZGESCHICHTEN zu finden. Die älteste Geschichte in diesem Buch, „Die Liebe eines Vampirs", fand sogar schon mehrmalige Verwendung (das erste Mal 1996).

Ich gehe davon aus, dass dem werten Leser nicht alle Geschichten bekannt sind oder er es genießen wird, sie erstmals an einem Ort vereint zu sehen.

Drei Erzählungen stammen aus demselben Universum, wie ich es auch in meinem Buch DÄMONENLUST verwende, aber darauf werde ich später noch einmal eingehen.

Aber egal, ob die Geschichten ganz oder teilweise bekannt oder vollkommen fremd sind, ich wünsche jedem Leser viel Spaß!

München im Dezember, 2008

Die Liebe eines Vampirs

Nie hatte sie ihn gefragt, woher er kam, nie hatte sie wissen wollen, was er war. Sie wusste, dass sie ihn liebte. Sie würde ihn immer lieben, sogar über den Tod hinaus. Es störte sie nicht, dass sie nur nach Sonnenuntergang zusammen sein konnten, dass er immer schwarz gekleidet war, dass seine Haut so bleich wie der Mond schimmerte und sein Körper einem kalten Stein glich. Was ihn aber wirklich begehrenswert machte, waren sein gottgleiches Erscheinungsbild und seine ausdrucksvollen Augen. Sein Gesicht schien zu keiner Mimik fähig, doch mit seinen Augen drückte er seine Gefühle aus. Und sie konnte sich in diesem tiefen Schwarz verlieren. Dann wurde sie ohnmächtig und erwachte in seinen Armen.

Er war noch sehr jung als er zum Vampir wurde, und er selbst hätte dieses Schicksal nie gewählt. Er kam in einer großen Stadt zur Welt, vor 90 Jahren und nie hatte er sie verlassen. Nach dem zweiten großen Krieg lernte er eines Nachts zwei geheimnisvolle Männer kennen. Später gaben sie sich als Vampire zu erkennen. Er fürchtete sie nicht, im Gegenteil, er war fasziniert von ihnen und arbeitete für sie am Tag, während sie schliefen. Er merkte nicht, dass er nur ein Spielzeug zwischen den beiden Kreaturen war.
In jeder großen Stadt herrschte ein mächtiger Blutsauger über die anderen. In seiner Stadt gab es zwei dieser mächtigen, untoten Wesen und sie bekriegten sich bis aufs Grausamste, ohne sich jedoch zu töten. Denn das oberste Gebot lautete:

Töte keinen deiner Art.

Eine Missachtung dieses Gesetzes wurde von den anderen Vampiren mit dem endgültigen Tod bestraft. Die beiden Mächtigen taten alles Erdenkliche, um sich gegenseitig Schaden zuzufügen und er half dabei, unbewusst. Durch seine Geschäfte wurden beide Vampire ruiniert, ihr Ruf in der Stadt unter den Sterblichen und den Untoten geschädigt. Schließlich verließen beide die Stadt, nicht ohne jedoch vorher noch einen Vampir zu erschaffen, der ihr gemeinsamer Nachkomme sein sollte, um über die anderen Untoten zu herrschen. Er war dieser Fürst, doch er war schwach und seiner Aufgabe nicht gewachsen. Ein anderer kam und übernahm seine Stelle. Ihm war das nur recht. Er unterwarf sich dem neuen Fürsten der Dunkelheit nicht, ging seine eigenen Wege und schuf keine eigenen Nachkommen. Er wurde geduldet, mied aber die Gesellschaft der anderen Vampire, genauso wie sie ihm aus dem Weg gingen. Aber er war seines Daseins überdrüssig. Das Blut der Vampire hatte ihn verändert. Er fand keine Freude am „Leben", doch er konnte seiner Existenz kein Ende bereiten, das Blut der Vampire hinderte ihn daran.

Er hatte schon früh seinen Durst gestillt. Ihm genügte ein Opfer pro Nacht, manchmal kam er mit weniger aus. Die Sonne war erst vor zwei Stunden vom Himmel verschwunden. Die Nacht war mondlos und die Sterne verbargen sich hinter einer dichten Wolkendecke. Er genoss es, über die Dächer der Nacht zu klettern und seine Opfer zu beobachten.

Manchmal sah er auch den Eulen und Fledermäusen nach, voller Neid über ihre Fähigkeit zu fliegen. Er selbst konnte es nicht, genauso wenig wie er die Gestalt eines Wolfes annehmen oder sich in Nebel verwandeln konnte. All das war den Vampiren der Legenden vorbehalten - und den Vampiren der Karpaten.

Er kannte den Weg, der vor ihm lag, wie ihm Schlaf. Er spürte, dass sie auf ihn wartete. Er beschleunigte seine Schritte, denn obwohl er unsterblich war und Zeit keine Rolle für ihn spielte, seine Liebe lebte und ihr Leben war nicht mehr als ein kurzer Atemzug in seinem Dasein, das bereits Jahrzehnte währte. Würde er sie zum Vampir machen, würde er sie für immer verlieren. Liebe spielte im Leben der Blutsauger keine Rolle.

Er näherte sich ihrem Haus. Sie lief ihm nicht entgegen, wie es sonst ihre Art war. Er sah das Licht in ihrem Zimmer im ersten Stock. Sie stand nicht am Fenster. Er klingelte an der Haustür. Sie wurde geöffnet und ihre Mutter stand ihm gegenüber.

„Ach, du bist es. Komm doch rein!"

Die beiden begrüßten sich mit einem kurzen Händeschütteln.

„Wo ist sie?"

„In ihrem Zimmer, aber es geht ihr nicht gut."

„Was fehlt ihr?"

„Ich weiß es nicht, vielleicht ist es nur eine Erkältung."

„Hat sie Fieber?"

„Ja."

„Ich gehe zu ihr!"

Ihre Mutter schloss die Tür hinter ihm und sah ihm nach, wie er die Treppe nach oben stieg. Sie mochte ihn nicht besonders, obwohl er einen sehr netten Eindruck machte.

Und dennoch, er war der seltsamste Mensch, den sie kannte.

Er kam nur nachts,

nie den Tag über. Seine Haut war so bleich, als ob sie nie das Licht der Sonne erblickt hätte und so kalt wie Stein.

Er saß an ihrem Bett und hielt ihre Hand. Sie schlief und schien seine Anwesenheit nicht zu bemerken. Sie hatte wirklich Fieber. Auf ihrer Stirn glänzten zarte Schweißperlen und die Züge ihres Gesichts waren verkrampft. Er wusste, dass sie keine Erkältung hatte, die Symptome unterschieden sich. Er spürte etwas, eine fremde Anwesenheit, doch genauer konnte er das nicht identifizieren. Es war sehr beunruhigend.

Er stand auf, küsste sie zart auf den Mund und verließ das Zimmer.

„Sie schläft", sagte er zu ihrer Mutter, bevor er das Haus verließ. Die Mutter seiner Liebe sah ihm lange nach, auch als er schon längst nicht mehr zu sehen war.

In der folgenden Nacht besuchte er sie später. Er hatte mehr Zeit benötigt, seinen Blutdurst zu stillen.

Seine innere Unruhe ließ ihn unvorsichtig handeln. Die meisten Menschen, denen er begegnete, zogen sich vor ihm zurück, als spürten sie, dass er ihnen ein Leid zufügen wollte. Es war wie in der Nacht davor. Sie lief ihm nicht entgegen, sie wartete nicht am Fenster. Ihre Mutter öffnete ihm die Tür und ließ ihn schweigend ins Haus. Er ging in ihr Zimmer. Auch in dieser Nacht musste er sich mit Händchenhalten und einem zarten Kuss auf ihre vollen Lippen zufrieden geben. Nur einmal erwachte sie aus ihrem komaähnlichen Schlaf, aber sie erkannte ihn nicht. Sie flüsterte einige Worte, die

er nicht verstehen konnte, dann hatte der Schlaf sie wieder in seiner Gewalt. Er blieb nur für kurze Zeit, dann verschwand er wieder in der Dunkelheit, in vollem Bewusstsein dessen, dass ihm der Blick der Mutter folgte.

Die folgenden Nächte verliefen nicht anders. Nacht für Nacht saß er an ihrem Bett und hielt ihre Hand in der seinen. Ihr Zustand besserte sich nicht. Im Gegenteil, er wurde das Gefühl nicht los, dass sie immer schwächer wurde. Von ihrer Mutter hatte er erfahren, dass sie fast täglich von irgendwelchen Ärzten aufgesucht wurde, doch niemand vermochte ihr zu sagen, woran ihre Tochter litt. Die Ärzte vermuteten

einen Virus, doch war der winzige Krankheitserreger noch nicht gefunden worden. Ihre Mutter jedoch verlor nie die Hoffnung, auch wenn sie tief in ihrem Herzen wusste, dass ihre Tochter starb.

Er hätte zu gerne helfen wollen, doch waren ihm die Hände gebunden, wie den Ärzten und der Mutter. Hilflos musste er mit ansehen, wie seine Liebe dem Tod immer näher kam. Nein, ganz hilflos war er nicht, es gab ein Mittel, welches ihrem Leiden ein

Ende bereiten würde, auch wenn es mit anfänglichen Schmerzen verbunden war. Aber er würde sie nicht zu Seinesgleichen machen, sein Blut sollte nicht in ihren Adern fließen.

Er blieb nie länger als eine halbe Stunde bei ihr, zu groß wurde die Qual je länger er an ihrem Krankenbett verweilte.

Ihr Gesicht vermochte selbst im Schlaf das Leiden nicht zu verbergen.

Eines Nachts stieß er auf die Ursache der Krankheit. Er saß an ihrem Bett und streichelte ihre Hände. Sie öffnete ihre Augen und sah direkt in die seinen. Er lächelte, ohne seine Zähne zu entblößen. Sie erwiderte sein Lächeln, doch gelang es ihr nicht, ihre Qualen zu verheimlichen. Sie versuchte sich aufzurichten, doch diese Anstrengung war zu viel für sie.

Erschöpft fiel sie auf das Kopfkissen zurück. Dabei schob sie ihr langes, blondes Haar beiseite und entblößte ihren nackten, bleichen Hals. Die geübten Augen des Vampirs weiteten sich vor Schreck als er das sah, was dem schwachen menschlichen Auge wie ein Muttermal erscheinen musste: Die beiden Einstiche der spitzen Zähne eines Untoten. Zwei kleine dunkle Löcher mit dunkelrotem Rand.

Erschrocken sprang er auf. Seine Liebste merkte das nicht mehr, sie schlief bereits wieder, ein verzerrtes Lächeln auf ihren Lippen. Mit der den Vampiren eigenen Schnelligkeit verließ er das Haus, ohne von ihrer Mutter bemerkt zu werden. In der Dunkelheit der sternenlosen Nacht versuchte er seinen Schmerz zu ertränken. Er hatte Angst, Angst um das Mädchen, das er liebte. Ein anderer wollte sie zu Seinesgleichen machen, zu einem Wesen, das unfähig sein würde, seine Liebe zu erwidern. Er durfte das nicht zulassen, doch er sträubte sich, es zu verhindern, denn es gab nur eine Möglichkeit, das zu tun, und die wäre, sie zu töten wie einen echten Vampir, mit einem Weißdornpfahl ins Herz und der

Abtrennung ihres Kopfes vom Körper. Sie durfte nicht so werden wie er, kalt, aber schön, mit einem kaum stillbaren Durst nach menschlichem Blut.

Auf einer Bank im Park fand er die Ruhe, seine Gedanken zu sammeln.

Welcher Vampir hatte ihr das angetan? Sein erster Verdacht fiel auf den Fürsten, doch obwohl dieser ihn einst von seiner Machtposition verdrängt hatte, zeigten sie doch Respekt voreinander.

Aber der Fürst wusste über alle Vampire der Stadt Bescheid, er wusste sicher auch von seiner Beziehung zu einer Sterblichen. Mochte das auch einem anderen Vampir zu Ohren gekommen sein? Es war nicht anzunehmen, doch wenn, was hatte dieser Unbekannte davon, ihm solchen Schmerz zuzufügen?

In der nächsten Nacht besuchte der Vampir nicht seine schlafende Liebe, sondern den mächtigsten der untoten Blutsauger der Stadt, den Fürsten.

Der Fürst bewohnte ein großes Haus in einem Vorort. Es war ein gepflegtes, altmodisches Gemäuer, welches er mit fünf anderen Vampiren und ihren menschlichen Sklaven bewohnte. Er benutzte den schweren, schmiedeeisernen Türklopfer, um sich bemerkbar zu machen.

Es dauerte nicht lange und ein hübsches, hellhäutiges Mädchen öffnete ihm die Tür. Sie war kein Vampir, hatte jedoch blutunterlaufene Augen ohne jeglichen Glanz. Sie ließ ihn wortlos herein. Er machte sich sofort auf den Weg in den Keller des Hauses.

Der Fürst war allein. Er saß auf seinem Sarg, und obwohl er
der Tür den Rücken zuwandte, wusste er doch, wer der
Besucher war.

„Ein seltener Gast in diesem Haus."

Erst nach einer kurzen theatralischen Pause fuhr er fort:
„Ich weiß, weshalb du hier bist. Es geht um die Sterbliche,
der du verfallen bist."

Er drehte sich zu seinem Gast um und suchte den Kontakt
seiner Augen.

„Wer ist es, der ihr das antut?"

Der mächtigste Vampir der Stadt zuckte mit den Schultern.

„Ich bin nicht in der Lage es dir zu sagen. Nur soviel: Es gibt
in der Stadt einen fremden Vampir, der sich meinen Blicken
jedoch zu entziehen vermag. Er ist älter als ich. Und böse."

Für einen kurzen Augenblick schwieg der Fürst.

„Ich würde die Finger von ihm lassen. Du bist nicht stark
genug, ihm entgegentreten zu können. Ich fühle seine
Macht."

„Was soll ich tun?"

„Du liebst sie wirklich?"

Die beiden Vampire sahen sich tief in die Augen.

„Dann gibt es nur eine Möglichkeit. Töte sie und behalte sie
so in Erinnerung wie sie war."

Betrübt verließ er den Fürsten, doch er wusste, dass ihm nur
diese eine Möglichkeit blieb. Er selbst hatte keine Alternative
gefunden und der Fürst hatte seine eigenen Gedanken nur
bestätigt.

Es war kurz vor Sonnenaufgang als er das Haus seiner
Geliebten erreichte. Es war nicht das erste Mal, dass er die

Tür ohne Schlüssel öffnen musste, aber da er kein Meister darin war, dauerte es seine Zeit. Leise wie ein Schatten schlich er in ihr Zimmer. Wie eine Tote lag sie da. Er warf einen letzten Blick auf ihr Gesicht, denn so wollte er sie in Erinnerung behalten: unschuldig.

Noch ein letztes Mal küsste er sie auf den Mund. Dann lehnte er die mitgebrachte Axt an den Nachttisch und holte einen dicken Weißdornpfahl unter seiner Jacke hervor. Tief trieb er den Pfahl in ihr Herz. Das Blut, das aus der Wunde trat, bespritzte das Bett, die Wände, seinen Körper. Totenstille herrschte im Zimmer. Sie starb, ohne sich dessen bewusst zu sein, gefangen in der Welt ihrer Träume.

Mit der Axt enthauptete er sie.

Nach vollendetem Werk wandte er sich von ihr ab und öffnete das Fenster.

Geduldig wartete er auf das Licht der aufgehenden Sonne.

Und das Blut der Vampire hinderte ihn nicht daran, seine Liebe und sein Schmerz hatten die mystischen Kräfte besiegt.

Das Geheimnis der Wolfensteins

Werner wuchs in der Stadt bei seinem Großvater auf. Seine Eltern kannte er nicht, nie wurde von ihnen gesprochen. Aus heimlich belauschten Gesprächen wusste er, dass es Wolfensteins in Eurasien und den USA gab, doch Werner kannte niemanden davon. Klingelte das Telefon und er nannte seinen Namen, wurde häufig wortlos aufgelegt. Sein Großvater ging Fragen über die Familie aus dem Weg und wechselte schnell das Thema. Trotzdem hielt sich Werner für normal, auch wenn er zum Einzelgänger neigte.

Als er mit fünfzehn in die Pubertät kam, änderten sich einige Dinge. Eine Erklärung hatte er nicht und sein Großvater reagierte mit entsetztem Schweigen. In den Tagen und Nächten des Vollmonds war Werner sehr unruhig, lief rastlos umher und zerstörte Einrichtungsgegenstände. Auch seinen Mitmenschen gegenüber verhielt er sich aggressiv und verlor schon beim kleinsten Anzeichen von Stress die Geduld. Verletzt wurde dabei niemand.

Dann behielt ihn Großvater im Haus und beobachtete ihn genau, bis sich alles wieder beruhigte. Danach gehörte auch das zu den Dingen, über die nie gesprochen wurde.

Schließlich führte Werner eine Liste mit allen seltsamen Begebenheiten, die nie zur Sprache kamen:

1. Familie Wolfenstein

2. Sein Verhalten bei Vollmond

3. Der abgeschlossene Raum im Keller

Wenn sein Großvater außer Haus war, nutzte Werner die Zeit für seine Nachforschungen. Es gab keine weiteren Wolfensteins in der Stadt. Auch in der näheren Umgebung wurde Werner nicht fündig.

Eine intensive, weltweite Internetsuche brachte auch keine großen Erfolge. Es gab Wolfensteins in Russland, Norwegen, Alaska, Mexiko, Kalifornien, Maine und Kanada. Werner rief jede einzelne der Familien an, aber sobald er seinen Namen nannte, wurde aufgelegt, selbst als er einen falschen Namen benutzte.

Natürlich erfuhr sein Großvater davon, doch er verlor kein Wort darüber.

Werner forschte im Internet weiter. Dort fand er Erklärungen für sein Verhalten, passend erschien ihm aber keine.

Lykanthropie war darunter, aber er verbannte diese Krankheit in den Bereich der Sagen. Er glaubte nicht, ein Werwolf zu sein. Frustriert gab er die Suche nach seiner Krankheit, falls es eine war, auf und wandte sich dem dritten Punkt seiner Liste zu: dem Keller.

Als Werner noch ein kleines Kind war, hatte ihm sein Großvater sogar erklärt, was sich hinter der verschlossenen Tür befand: eine Sammlung alter, sehr wertvoller, einzigartiger Bücher. Es war nicht schwer, an den Schlüssel zu gelangen. Er befand sich in einem alten Schränkchen im Schlafzimmer seines Großvaters.

Werner öffnete die Kellertür und fand sich in einem modrig riechenden Raum mit Büchern und Schriftrollen wieder. Elektrisches Licht gab es nicht, aber eine zwischen den Papieren liegende Taschenlampe reichte für die nötige Beleuchtung.

Es waren alte Bücher. Die Schriftrollen wirkten sogar noch älter und hatten ägyptische und sumerische Zeichen. Die Bücher waren in verschiedenen Sprachen geschrieben, die ältesten in Latein. Vorsichtig blätterte Werner durch einige der Bücher, auch wenn er die Sprachen nicht verstand. Er fand zahlreiche Abbildungen von Menschen, Wölfen und seltsamen Mischwesen. Nur wenige Bücher waren für ihn lesbar, aber er erfuhr trotzdem einiges über Werwölfe. Er entdeckte, dass er die ersten Verwandlungen zum Tier durchmachte. Aggressives Verhalten, Nervosität. Irgendwann würde der Gestaltwandel zum Wolf beginnen. Danach würde er ein vollwertiges Mitglied der Familie Wolfenstein sein. Jetzt musste er die Existenz der Lykanthropie anerkennen. Die Bücher vor ihm waren glaubhafter als die Texte im Internet.

Besonders hilfreich erwies sich das Tagebuch eines Gregor von Wolfenstein, der im ausgehenden 18. Jahrhundert gelebt hatte.

Seine Aufzeichnungen spiegelten Werners Leben wider. Gregor jedoch hatte Kontakt zu anderen Mitgliedern der Familie. Werwölfe waren, wie Wölfe, sehr soziale Wesen. Und Gregor wurde das Alphamännchen der deutschen Wölfe. Werners Großvater hieß Gregor. Ob das Zufall war? Die Aufzeichnungen des Werwolfs endeten im Jahre 1972, kurz vor Werners Geburt.

Jetzt war er sich sicher, dass sein Großvater jener Gregor war.

Werner nahm die Aufzeichnungen Gregors mit sich und legte sie während des Abendessens auf den Tisch.

„Sind das deine Aufzeichnungen?", fragte er. Zögernd nickte sein Großvater.

„Dann sind die Wolfensteins tatsächlich Werwölfe?"

Erneut nickte der Großvater.

„Dann bin ich auch ein Werwolf?"

Jetzt schüttelte der alte Mann den Kopf.

„Aber ich bin ein Wolfenstein."

Nicken.

Erwartungsvoll sah Werner auf seinen Großvater, doch dieser schwieg.

„Was verschweigst du mir?"

Gregor seufzte, dann flüsterte er:

„Irgendwann wirst du es sowieso erfahren."

„Was?"

Und der Werwolf fing an zu erzählen ...

„Werwölfe gibt es schon lange. Als der Mensch auf unserem Planeten erschien und sich der Wolf ihm anschloss, tauchten die ersten unserer Art auf. Ich habe Aufzeichnungen in alten Sprachen, die von Vereinigungen beider Rassen sprachen. Andere behaupten wir wären Abkömmlinge der Götter. Ich weiß nicht, woher wir wirklich kommen. Unsere Geschichte unterscheidet sich von der der Menschen. Früher lebten wir abseits der Gesellschaft, zurückgezogen in eigenen Dörfern oder wie die Wölfe im Wald. Wir hatten unsere eigenen Kriege, auch gegen die Menschen, aber diese sind so bedeutungslos, dass sie in den menschlichen Geschichtsbüchern nicht erwähnt werden. Wir Werwölfe führten auch blutige Kriege gegeneinander. Erst Mitte des 18. Jahrhunderts trafen fünf Abgesandte der Wolfsstämme aufeinander, um eine Einigung zu erzielen. Das war der Beginn der Familie Wolfenstein.

Den schwarzen Schafen unserer Familie sind die schrecklichen Legenden zu verdanken, die sich um uns ranken. Deswegen führen wir ein Leben im Verborgenen. Wir achten auf unsere Kinder, denn wenn sie reif sind, wird das Tier in ihnen geweckt. Sind dann Menschen in der Nähe, kommt es zur Katastrophe. Niemals würde ein Werwolf das Fleisch der Menschen essen, doch die erste Verwandlung ist wie ein Schock. Niemand kann während dieser Zeit für seine Taten verantwortlich gemacht werden. Die Menschen sehen das natürlich anders. Zu unserem Glück glauben nur wenige wirklich an unsere Existenz.

Jedenfalls weißt du jetzt, wer wir Wolfensteins wirklich sind."

Werners Großvater schwieg. Gespannt hatte ihm der junge Mann zugehört.

„Sind alle Wolfensteins Werwölfe?"

Gregor schwieg. Er überlegte seine Worte sorgfältig.

„Ja. Aber ..."

„Warum bin ich dann kein Werwolf, aber doch ein Wolfenstein?"

„Lass mich dir etwas über die Doggers erzählen."

„Die Doggers?"

Gregor nickte.

„Wir Wolfensteins sind eine reinrassige Linie der Werwölfe. Aber wie es in jeder Art Mischlinge gibt, so kommt das auch bei unsereins vor. Auch die Doggers waren einst Mitglieder der Familie Wolfenstein. Ihr Blut wurde aber durch die

Paarung mit Hunden verwässert und der Alpharat beschloss, die entsprechenden Mitglieder zu verstoßen. So entstand die Familie Doggers."

Gregor schwieg.

„Dann bin ich eigentlich ein Dogger?"

Gregor schüttelte den Kopf.

„Kein Mitglied der Wolfensteins weiß, wer du bist. Alle nehmen an, du wärst ein Mensch, den ich aus nur mir bekannten Gründen aufgenommen habe, da mein Sohn gestorben ist."

Erneut verfiel der alte Werwolf in Schweigen. Es fiel ihm sichtlich schwer, über seinen Sohn zu sprechen. Das spürte Werner, also drängte er nicht.

Schließlich stand Gregor auf.

„Ich will dir etwas zeigen."

Er verließ die Küche und kam kurz darauf mit einem vergilbten Foto zurück. Es zeigte einen jungen Mann, der Ähnlichkeiten mit Werner zeigte.

„Dein Vater."

Interessiert sah sich Werner das Bild an, konnte aber nichts besonderes entdecken. Immerhin war es das erste Mal, dass er seinen Vater sah, wenn auch nur als Fotografie.

„Er hätte mein Nachfolger werden können."

„Wie ist er gestorben?"

„Er ist nicht gestorben. Er lebt."

„Was?"

„Seine Gelüste haben ihn zwischen die Beine einer Hündin getrieben."

„Dann bin ich doch ein Dogger?"

„Er entschied sich, das Land zu verlassen und unter den australischen Doggers ein neues Leben zu beginnen."

„Warum hat er mich dann nicht mitgenommen?"

Gregor brachte eine weitere Fotografie zum Vorschein, hielt sie aber noch vor Werners Augen verdeckt.

„Kein Dogger würde dich akzeptieren. Und er selbst konnte die Schande seines Fehltritts nicht überwinden. Wenn sich männliche Werwölfe mit Hündinnen paaren, gleichen die Kinder der Mutter, auch wenn sie die gestaltwandlerischen Fähigkeiten des Vaters bekommen."

„Aber warum hast du mich dann aufgezogen?"

„Das weiß ich auch nicht. Vielleicht hätte ich dich töten sollen. Du wirst immer ein Außenseiter sein."

„Warum?"

„Das ist deine Mutter." Gregor schob Werner die zweite Fotografie hin. Sie zeigte einen kleinen, braunen Chihuahua.

Wie der Grumpf auf die Welt kam …

Der graue Dämon seufzte. Tagein, tagaus musste er seine Aufgabe erfüllen, aber niemals erntete er Dankbarkeit dafür. Für viele andere Höllenwesen war er nicht mehr als ein niederer Diener, ein Putzteufel, nicht mehr. Nur in der Hierarchie der Dienerteufel spielte er eine bessere Rolle. Immerhin war er die Reinigungsfachkraft des Höllenfürsten persönlich. Eine schwere Aufgabe, die auf ihm lastete, aber noch nie waren ihm Beschwerden zu Ohren gekommen. Es gab Geschichten über seinen Vorgänger, der ein Staubkorn auf dem Bett des Fürsten übersehen hatte. Der oberste Dämon der Hölle war darüber so erzürnt gewesen, dass er den Putzteufel in kürzester Zeit wie ein Blatt Papier auseinander gerissen hatte.

Der Grumpf seufzte erneut. Gleich würde er seine Arbeit beendet haben. Dann musste er die Räume kontrollieren, ob auch alles in Perfektion erledigt war. Erst danach konnte er sich in die kleine Hölle seines Berufsstandes begeben und sich bei einem Schwefelbad entspannen.

Er warf ein Schäufelchen Staub in den Papierkorb. Er durfte nicht vergessen, ihn nach vollendeter Arbeit zu leeren. Aber er war ein professioneller Putzteufel, der schon lange im Dienste des Höllenfürsten stand. Ein solcher Fehler würde ihm nicht unterlaufen.

Ein Lächeln stahl sich auf sein graues Gesicht. Er hatte im Laufe der Zeit einiges von seinem Arbeitgeber erfahren. Und Pläne hatte der oberste Regent zahlreiche. Manche wurden in die Tat umgesetzt, andere nicht.

In der Gerüchteküche der Hölle hieß es des Öfteren, dass die Menschen den Höllenfürsten nicht mehr brauchten. Sie waren zu Taten fähig, die dem Satan nie eingefallen wären. Selbst seine treuesten Diener, die Reiter der Apokalypse, wandten sich von der Menschheit ab. Waren es früher Pest und Cholera, die Angst und Schrecken verbreiteten, lehrte heute die moderne Wissenschaft das Fürchten.

Der Grumpf war lange der Meinung, dass Pestilenz und Hunger ihre wahre Freude an den Entwicklungsländern haben mussten, aber dem war nicht so. Dort waren die Leiden so alltäglich geworden, dass der Unterhaltungswert dem der täglichen Seifenopern glich. So fand man die Reiter öfter beim Kartenspielen, als dass sie sich um die Geschicke der Menschen kümmerten.

Auch der Höllenfürst hatte andere Aufgaben, als den einen oder anderen Menschen zu bösen Taten zu verführen. Das schafften sie auch ohne sein Zutun, und so hatte er sich von der höllischen Bürokratie gefangen nehmen lassen.

Der Putzteufel hätte einige Ideen, wie man die Hölle reformieren könnte, aber niemand würde ihm zuhören. Und wer wusste schon, was mit ihm geschehen würde, wenn sich der Höllenfürst persönlich seiner annahm.

Der Grumpf beendete seine Arbeit, kontrollierte die Räume und leerte den Abfall in eine der heißen Rinnsäle, die durch die gesamte Hölle flossen.

Als er die Wohnung des Höllenfürsten verlassen wollte, sah er in die riesige, leicht erzürnte Gestalt des Satans. Mit donnernder Stimme sprach er ihn an: "Wer bist du, du Wurm?"

Tief verbeugte sich der Putzteufel, ehe er seine Antwort mit zitternder Stimme gab.

"Ich bin tatsächlich nur ein Wurm, Meister. Ich bin der Putzteufel, der für Eure Räume verantwortlich ist."

Der Grumpf hatte den Blick gesenkt, wagte es nicht, den obersten Regenten der Hölle anzusehen. Der Satan starrte auf den niederen Dämon herab.

"Soso. Du bist ein Putzteufel. Hast du auch einen Namen?"

Seine Stimme klang schon weit weniger erzürnt.

Der Angesprochene nickte.

"Ja, Meister. Man nennt mich Grumpf."

"Ein guter Name."

Der Höllenfürst machte eine kurze Pause.

"Ich kann mich an deinen Vorgänger erinnern. Er war kein guter Diener. Ich bin mit deiner Arbeit sehr zufrieden. Ich habe schon Jahrhunderte lang keinen Schmutz hier vorgefunden. Ich sollte dich belohnen."

Der Grumpf hielt den Atem an. Der Höllenfürst überlegte einen Augenblick.

"Das ist eine gute Idee", sagte er schließlich.

"Nun, Grumpf, was kann ich dir Gutes tun?"

Der Putzteufel musste nicht lange überlegen.

"Schickt mich in die Welt der Menschen."

"Eine seltsame Belohnung. Was willst du dort?"

"Ich habe schon soviel davon gehört, ich will mir ein eigenes Bild machen."

"Dann soll es so sein. Du darfst auf die Menschenwelt. Aber treib keinen Unfug."

"Das würde ich nie wagen, Meister."

Innerlich grinste der Grumpf. Er war seinen Plänen sehr nahe gekommen. Er war kein so mächtiger Dämon wie die Apokalyptischen Reiter, aber auch er hatte einen nicht zu unterschätzenden Einflussbereich. Wenn er die Menschheit nur davon überzeugen konnte, noch mehr Müll und Dreck zu verursachen, dann hätte er bald eine Hölle auf Erden. Seine Hölle. Und der Fürst der Unterwelt wäre entmachtet. Dem Grumpf gelang es gerade noch, ein wahnsinniges Kichern zu unterdrücken.

"So sei es denn ...", waren die letzten Worte, welche der Putzteufel aus der Hölle vernahm. Innerhalb eines Augenblicks war die Hölle einem riesigen Steingebirge gewichen. Er grinste. Natürlich hatte der Satan ihn nicht in eine bevölkerte Gegend geschickt. Das störte ihn aber nicht, bald würde er auf die ersten Menschen treffen. Er sah sich um.

Natur. Kein Müll der Menschen. Hoffentlich war er nicht in eines dieser geschützten Gebiete geschickt worden. An einen Ort, den nur auserwählte Menschen betreten durften. Hoch ragten die Berge über ihm auf. Es gab aber auch kleinere Felsen und hin und wieder urzeitlich wirkende Riesenblumen. War das vielleicht gar nicht die Welt der Menschen und er war in eine andere Welt versetzt worden. Aber warum? Er hatte seine Aufgabe doch ausgezeichnet erledigt. Hatte er etwas übersehen? Andererseits kannte er sich auch nicht so gut mit der Fauna und Flora der Menschenwelt aus. Er würde mit Sicherheit sagen können, wo er war, wenn er den ersten Menschen traf.

Mit frisch gefasstem Mut hüpfte er durch ein kleines Tal.

"Guck mal, da!"

Georg deutete auf einen seltsamen kleinen grauen Stein, der auf kleinen Füßen durch ein paar große Steinbrocken hüpfte. Seine jüngere Schwester schrie kurz auf.

"Igitt, was ist denn das?", fragte sie. "Das schaut ja eklig aus. Komm, mach es tot!"

Georg näherte sich vorsichtig dem seltsamen Tier. Es sah nicht aus wie eine Spinne oder ein Insekt. Gefährlich wirkte es auch nicht. Es war einfach nur hässlich. Nur mit Mühe ließen sich kleine Augen erkenne, eine lange Nase, kleine Hände und ein Mund. Ohren waren nicht vorhanden, oder zumindest nicht mit bloßem Auge erkennbar. Vorsichtig griff er nach dem hüpfenden Wesen.

Erschrocken schrie der Grumpf auf. Etwas Riesiges hatte ihn von hinten gepackt und in die Höhe gehoben. Er konnte eine menschliche Hand erkennen, aber sie musste einem Riesen gehören. Bevor sich der Putzteufel weitere Gedanken über seinen Aufenthaltsort machen konnte, wurde er weit in die Luft geschleudert. Er fing an zu schreien, als er auch schon auf einer Wasserfläche aufschlug.

"Hast du den Schrei auch gehört?",
wollte Georg von seiner Schwester wissen. Sie nickte.
"Vielleicht hätten wir es doch mitnehmen und Mama zeigen sollen."
Das Mädchen zuckte mit den Schultern.

Langsam sank der Grumpf in die Tiefe. Riesige Fische schwammen an ihm vorbei.

Schließlich landete er auf dem Grund, versank in einer tiefen Schlammschicht. Dunkelheit umfing ihn.

Innerlich begann er zu brodeln. Der Höllenfürst hatte ihn in die Welt der Menschen geschickt. Aber als so kleinen Dämon, dass er tatsächlich keinen Schaden anrichten konnte.

Und während der Grumpf auf dem Grund des Sees lag, schmiedete er Pläne wie er Rache an dem Höllenfürsten üben und er sich die Menschheit untertan machen konnte.

Tamael

„Warum nur?"

Tamael starrte in den Spiegel, sprach aber mit Amatiel hinter ihm.

„Was ist?", fragte der Angesprochene und unterbrach für kurze Zeit das Anlegen seines Brustpanzers.

Tamael wandte sich seinem Freund zu.

„Der Krieg. Warum kämpfen Engel gegen Engel?"

Amatiel zuckte mit den Schultern.

„Frag die Erzengel, vielleicht kennen sie die Antwort."

„Siehst du, du weißt es auch nicht! Es ist so sinnlos. Haben wir nicht andere Aufgaben?"

„Und zwar?"

Amatiel deutete auf den Spiegel, der einen Blick auf die Welt der Menschen freigab.

„Gott ist verschwunden, die Erzengel haben sich in ihre Festungen zurückgezogen und den Menschen sind die Himmel egal. Welche Aufgaben haben wir schon?", fragte er.

„Das rechtfertigt keinen Krieg!", entgegnete Tamael. „Wir langweilen uns, also schlagen wir uns die Köpfe ein. Das kann es doch nicht sein, oder?"

Amatiel griff nach seinem Schwert und lächelte seinen Freund aufmunternd an.

„Du kannst nichts ändern. Wir folgen den Befehlen der Erzengel, wir hinterfragen sie nicht."

„Aber ich will Antworten!" Tamael blieb hartnäckig. „Jeden Tag sehe ich Freunde sterben, getötet von ehemaligen Freunden, oder Engeln, die meine Freunde hätten sein

können. Und ich weiß nicht, was mit den Toten passiert."
Tamael machte eine ausladende Handbewegung in Richtung
Menschenwelt. „Sie haben ihre Glauben. Aber werden wir
wiedergeboren? Oder haben wir einen Himmel, in den wir
kommen können, wenn wir gestorben sind?"
Traurigkeit machte sich in der Stimme des Engels breit.
Amatiel sah Augen, die den Tränen nahe waren. Er erinnerte
sich an Zeiten, als er und seinesgleichen keine Gefühle
kannten. Viel hatte sich seit dem verändert.
Die Erzengel hatten ihre eigenen Intrigen gesponnen seit Gott
seinem eigenen Reich den Rücken gekehrt hatte und
irgendwohin verschwunden war. Gabriel, Michael und Uriel
versuchten nun, Gottes Platz einzunehmen. Rafael hatte sich
dem kriegerischen Konflikt durch Selbstmord entzogen und
viele seiner Anhänger waren ihm gefolgt. Und Metatron, die
Stimme Gottes, war verstummt. Nur noch ein Flämmchen
war von der mächtigen Feuersäule übrig.
Tamael hatte eine Hand auf den Spiegel gelegt, als ob er
einen Weg in die Welt der Menschen suchte. Amatiel stellte
sich hinter ihn und legte ihm die Hand auf die Schulter.
„Die Welt der Menschen ist nicht besser als unsere. Auch
dort gibt es Kriege ... und Hunger ... und anderes Leid."
Amatiel flüsterte kaum hörbar. „Sieh dir die Himmel an.
Wohin kann ein Engel gehen, wenn er den Schmerz des
Todes nicht ertragen kann? Ist der Weg Rafaels die einzige
Möglichkeit?" Amatiel verstummte.
„Die Welt der Menschen ist anders", entgegnete Tamael.
„Nicht überall gibt es Kriege. Es gibt so viele schöne Orte.
Ganz anders als hier." Langsam rannen Tränen über seine
Wangen. „Ich halte es nicht mehr aus. Ich will weg!" Er fiel

Amatiel um den Hals. Sanft strich dieser über das lange Haar seines Freundes.

„Wir müssen los! Die anderen warten schon, und du weißt wie ungern Ignaziel mit den Übungen wartet."

Langsam löste sich Tamael aus den Armen des anderen Engels.

„Geh schon vor, ich komme nach!"

Tamael achtete nicht weiter auf Amatiel und sah in den Spiegel. Er war etwas Besonderes. Nicht viele seiner Art existierten. Nur die höchsten Würdenträger der Himmel waren einst im Besitz der Spiegel, die Einblicke in die Welt der Menschen gaben. Der Spiegel Rafaels war zerstört, die anderen Erzengel hüteten ihre wie Augäpfel und der von Metatron war verschollen.

„Wie gerne würde ich ein Leben unter Menschen führen", flüsterte Tamael.

„Wie sehr bist du des Krieges müde?" vernahm er eine donnernde Stimme hinter sich. Der erschrockene Engel wandte sich um und sah eine große Flammensäule im Türrahmen brennen, ohne sichtlichen Schaden anzurichten.

„Metatron!"

Ehrfürchtig fiel Tamael auf die Knie. Metatron wiederholte seine Frage.

„Ich würde alles tun, um ihn beenden zu können", antwortete Tamael.

„Schon viele haben versucht, den Erzengeln Vernunft einzureden und sind gescheitert. Auf ihren eigenen Bruder haben sie nicht gehört, und die Stimme Gottes können sie nicht vernehmen. Sie selbst müssen Einsicht gewinnen."

„Dann will ich Rafael folgen."

„Mutige Worte eines einfachen Engels. Der Erzengel wird stolz auf dich sein. Berühre den Spiegel und schließe deine Augen. Du musst nur deinen tiefsten Wunsch aussprechen, dann wirst du Rafael folgen.“

Die Flammensäule verschwand, Tamael war wieder allein. Der Engel berührte den Spiegel und schloss seine Augen. „Ich will in der Welt der Menschen leben!“

„Tamael?“

Ignaziel hatte Amatiel zurückgeschickt, nachdem Tamael immer noch fehlte. Das Zimmer war leer, von seinem Freund fehlte jede Spur. Amatiel grinste. Metatron hatte recht gehabt, Tamael hätte von Anfang an Rafael folgen sollen. Jetzt würde er Ignaziel die Nachricht von Tamaels Tod berichten. Amatiel warf einen letzten Blick auf Metatrons Spiegel, aber er sah keines der bekannten Gesichter. Hoffentlich waren sie glücklich in dieser Welt.

Es war mitten in der Nacht als Tamara erwachte. Die mysteriösen Narben an ihrem Rücken schmerzten wieder. Sie warf einen Blick auf die andere Seite des Bettes. Rafael schlief ruhig. Sie wollte ihn nicht stören. Langsam stand sie auf und ging ins Bad, um mit einer Tablette den Schmerz zu betäuben.

Pyromon

Für einen Drachen war Pyromon zu klein. Es konnte Feuer
speien, wie ein richtiger Drache, aber es ging einem
Menschen nur bis zu den Knien. Es bot keinen Anblick
des Schreckens und noch nie war jemand vor Pyromon
geflohen. Mädchen fanden Pyromon sehr niedlich und
mehr als eines hätte es gern mit nach Hause genommen.
Doch wer konnte etwas über das kleine Wesen sagen?
War es ein kleiner Drache, der irgendwann erwachsen
wurde und dann böse Dinge tat? Wer konnte sicher sein,
dass die kleine Kreatur nicht irgendwann das Haus in
Brand setzte? So niedlich Pyromon auch wirkte, seine
unbekannte Herkunft brachte ihm keine Liebe ein. Dabei
wüsste es liebend gerne, woher es kam. Es hielt sich nicht
für einen Drachen, obwohl es den großen Reptilien
ähnlich war. Manchmal sprachen die Menschen von
schrecklichen Echsen, die einst auf der Welt gelebt hatten.
Aber keiner dieser Dinosaurier hatte Ähnlichkeiten mit
Pyromon. Und soviel die Wissenschaft bisher wusste,
konnte keiner der Saurier Feuer speien. Das blieb den
Drachen - und Pyromon - vorbehalten.
Wissenschaftler hatten Tests mit Pyromon gemacht, aber
nichts herausgefunden. Die kleine Kreatur hasste Nadeln
und war aus dem Labor geflohen. Jetzt zog es einsam
durch die Welt, auf der Suche nach seinem Ursprung. Den
Menschen ging es aus dem Weg. Es hatte sowohl gute als
auch schlechte Erfahrungen gemacht, aber es wollte
keinem weiteren Wissenschaftler in die Hände fallen. Und

vielleicht würden die Menschen es ja vergessen. Schnell
fand das arme Pyromon heraus, dass die anderen Tiere es
nicht verstanden. Wenn sie nicht vor ihm davonliefen,
sahen sie es nur verständnislos an. Die Menschen waren
die einzigen, die jemals zu Pyromon gesprochen hatten.
Und auch wenn das kleine Tier sich nicht verständlich
machen konnte, so verstand es doch jedes Wort. Nie hatte
es die Sprache der Menschen erlernen können. Auch das
war ein Zeichen, dass es kein Drache sein konnte. Lange
zog das Pyromon durch die Welt. Nur wenn es an
natürliche Grenzen wie Wasser oder Abgründe traf
wechselte es die Richtung. Auch Städte mied es.
Eines Tages traf es auf eine Hütte. Eine Axt lehnte an der
Tür, und Rauch quoll aus dem Kamin. Es wollte
vorbeigehen, als es die Stimme eines alten Mannes hörte.
„Keine Angst, kleines Pyromon. Komm herein und
unterhalte dich ein bisschen mit mir!"
Neugierig war das Pyromon geworden und so betrat es die
Hütte. Auf einer Holzbank saß ein alter bärtiger Mann, der
aus einer Schüssel Suppe aß.
„Setz dich!" Er deutete neben sich und das Pyromon kam
der Aufforderung nach. Mit einer Handbewegung des
Mannes erschien eine weitere Schüssel mit Suppe.
Pyromon hatte die Menschen davon sprechen hören, aber
noch nie einen Zauberer gesehen. Es hatte Hunger und
schlürfte gierig die Suppe.
„Endlich habe ich dich gefunden", sagte der Zauberer.
Erstaunt sah das Pyromon ihn an. Der alte Mann lachte.
„Ja, ich weiß. Du hast keine Ahnung, wovon ich spreche.
Ich erkläre es dir, während du deine Suppe isst."

Und während das Pyromon seinen Hunger stillte, erzählte der Zauberer ihm seine Geschichte.

„Vor langer, langer Zeit als ich noch ein junger unerfahrener Magier war, rettete ich einem Drachen das Leben. Der Drache wollte mir einen Wunsch erfüllen. Vielleicht weißt du, dass jeder Zauberer einen Vertrauten hat. Normalerweise sehen sie wie gewöhnliche Tiere aus. Raben, Kröten und Katzen sind weit verbreitet. Ich hatte meine Grundausbildung noch nicht abgeschlossen, besaß aber noch keinen. Ich dachte mir, dass ich mit einem Drachenvertrauten mehr Respekt bekommen würde. Also verlangte ich von dem Drachen einen kleinen Drachen. Er erfüllte mir diesen Wunsch und du wurdest geschaffen. In der Akademie der magischen Künste wurdest du aber nicht anerkannt. Man hat dich vertrieben und mich gehindert, dir zu folgen. Dann habe ich dich vergessen. Jahre später erfuhr ich, ein Pyromon wandere durch die Welt. Niemand wusste, was du warst. Ich machte mich auf die Suche nach dir, aber immer, wenn ich an einen Ort kam, an dem man dich gesehen hatte, warst du bereits weg. Jetzt bin ich ein alter Mann, meine Magie ist schwach geworden und mein Körper ist nicht mehr so unternehmungslustig wie früher. Ich habe mich hier niedergelassen, in der Hoffnung, du würdest mich finden. Jetzt bist du hier. Willst du bleiben?"

Das Pyromon sah auf und nickte. Endlich hatte es eine Heimat gefunden. Und einen Menschen, der wusste, was es war.

Als der alte Zauberer starb, starb auch das Pyromon.

Einleitung: Dämonenlust

2004 erschien die Geschichte „One Night Stand" in der Anthologie „Erotische Phantasien". Der sexuellen Begegnung mit einem Dämon (oder Vampir) folgten Werwölfe und Elfen. Weitere Geschichten folgten und allerlei fantastische Kreaturen zogen durch das DARKNESS, einem schwulen Lederclub. Nach und nach entwickelte sich eine eigene Welt mit einem bisher kaum sichtbaren Hintergrund. Natürlich entstand nicht alles über Nacht und der Prozess ist bestimmt noch nicht abgeschlossen, da sich immer wieder neue Teilchen einbauen lassen.

2007 erschien das Buch DÄMONENLUST. In zehn erotischen Geschichten trafen Menschen auf Vampire, Tentakelmonster, Werwölfe, Untote und andere „Monster". Natürlich hätte ich es dabei belassen können, aber die Erzählungen sollten einen Zusammenhang besitzen. Ursprünglich waren es nur die Schauplätze, aber wie bereits gesagt, entwickelte sich das Universum weiter und schließlich entstand der Hintergrund zu den anderen Rassen.

Als die anderen Rassen bezeichnen sich die übernatürlichen Kreaturen der Welt, um sich von den Menschen abzugrenzen. Sie sind nicht unbedingt älter als die Menschen, haben aber besondere Fähigkeiten, die sie von diesen unterscheiden, auch wenn sie deren Erscheinung haben.

Arkadier sind Wesen (oft als Feen bezeichnet) aus einer Welt, die sie Arkadia nennen. Die Arkadier auf der Erde haben nur bruchstückhafte Erinnerungen an ihr Leben in

Arkadia und wissen nicht, wie sie diese Welt verlassen haben. Die Sidhe bilden den Adel der Feen. Sie teilen sich in zwei Fraktionen, den dunklen und den lichten Hof. Jeder Hof schart sich um einen König bzw. eine Königin. Auch die nichtadligen Arkadier fühlen sich dem einen oder anderen Hof zugehörig.

Die Arkadier verbergen ihr wahres Aussehen vor den Sterblichen.

„Freundschaft, Krieg und Frieden" und „Die Rückkehr der Fomorer" sind Geschichten aus Arkadien.

Atlanter sind zauberkundige Menschen, die ihren Ursprung auf die Insel Atlantis zurückführen. Man unterscheidet Zauberer, Animatoren und Hellseher.

Freundschaft, Krieg und Frieden

Das Scharren der Hufe wurde lauter, unruhiges Schweigen hatte sich über die Reihen der Krieger gesenkt. Eine dünne Schneedecke lag auf der weiten, sanft gewellten Ebene vor ihnen. Im Sonnenlicht blitzten Schwerter und Rüstungen auf und blendeten die Kontrahenten auf beiden Seiten des Schlachtfelds. Die Sidhe waren in den Krieg gezogen, das Heer Andaras gegen das Heer Ailins.

In der trockenen, kalten Luft des klaren Wintertages dampfte der Atem der Feen und ihrer Reittiere und leichte Nebelschwaden stiegen zwischen den Kriegern auf. Beide Heere standen erhöht, die Schlacht würde im Tal stattfinden. Niemand hatte mit dem Schnee gerechnet, er war ein weiteres Hindernis. Einige der Krieger schlugen ihre Mäntel enger um sich und versuchten, sich warm zu halten. Kettenhemden klirrten, hier und da erklang ein verhaltenes Räuspern oder ein Schnauben.

Der General Andaras seufzte, ignorierte das prüfende Scharren seines weißen Hengstes auf dem gefrorenen Untergrund. Das Tier war unruhig, seine mächtigen Muskeln waren angespannt. Der General sah sich um, sah in den Tieren und den Kriegern die Nervosität und die Erregung. Sie warteten nur auf seinen Befehl, dann würden sie sich in die Schlacht stürzen. Aber der General wartete. Ein zu früher Angriff konnte alles zunichte machen. Das wusste er und das wusste auch sein Gegner. Die beiden Heere standen sich gegenüber, wartend, frierend. Aber keiner wagte den ersten Schlag.

Der Offizier klopfte dem treuen Tier den dicken Hals.

„Ruhig, mein Freund. Nur noch eine kleine Weile Geduld",
flüsterte er sanft. Die weißen Ohren richteten sich rückwärts
und lauschten den Worten. Der General wusste nicht, ob ihn
das Pferd verstand, er gehörte nicht zu den Sidhe, die mit den
Tieren sprechen konnten. Er war ein Krieger, kein
Stallbursche. Nur manchmal wünschte er sich, er würde sein
Pferd verstehen oder ihm Befehle geben können, die
komplexer waren als das, was er mit Geräuschen und
Körperdruck aussagen konnte.

Sein Blick wandte sich der Ebene zu. Er strich sich durch
das lange Haar, erlaubte sich für einen kurzen Moment
Bedauern darüber, dass er dem Hengst nicht einfach die
Zügel freigeben und losgaloppieren konnte. Fort von all dem
hier, aber er war ein Krieger, der geschworen hatte, seine
Königin und ihr Volk zu schützen. Er war kein Feigling und
dies war nicht die erste Schlacht. Er musste sich
konzentrieren, seine Gedanken mussten sich auf das Jetzt
beschränken. Er durfte sich keinen Fehler erlauben. Das war
seine Armee und er war für jeden einzelnen Soldaten
verantwortlich. Wenn sie durch sein Verschulden starben,
wäre es wie Mord.

Ein Hornstoß schmetterte über die Ebene. Der Erstschlag des
Gegners. Wie eine dunkle Welle ergossen sich Ailins Reiter
über die Hügel. Ein Soldat reichte dem General ein Fernglas
und er erkannte mehr als nur Sidhe. Trolle verstärkten das
Heer. Trotz der Gefahr lächelte der Sidhe.

„Jetzt geht es los!", flüsterte er und hob eine Hand. Ein
anderer Soldat blies sein Horn und auch das Heer Königin
Andaras setzte sich in Bewegung.

Nur wenige Augenblicke vergingen und die Gegner trafen aufeinander. Schwerter trafen auf Schwerter. Es wurde angegriffen und pariert. Nichts deutete auf die den Sidhe nachgesagten Eleganz hin, wie Kinder prügelten sie sich, keine Spur von Schönheit und Grazie.

Sidhe waren für das Leben am Königshof geboren. Sie hielten sich an Gesetze, spannen ihre Intrigen und amüsierten sich bei verschiedenen Spielen. Das Leben könnte einfach sein, wenn es nicht hin und wieder Spannungen zwischen den beiden Königshöfen geben würde. Dann gab es ein kurzes Gemetzel, die Toten wurden beklagt und danach war wieder Ruhe und man ging wieder dem höfischen Leben nach. Wenn man überlebte.

Alt und jung zogen in den Krieg, Männer wie Frauen. Sie alle waren im Kampf ausgebildet, vertrauten auf ihre Kunst im Umgang mit dem Schwert. Einige von ihnen hatten schon die eine oder andere Auseinandersetzung miterlebt, manche hatten schon auf beiden Seiten gekämpft und für andere war es die erste und vielleicht auch letzte Schlacht.

Kriege zwischen den Sidhe unterlagen bestimmten Regeln. Und das Ende des Krieges, wenn es keine friedliche Einigung gab, und die gab es selten, war ein Gemetzel.

Den Auslöser dieses Krieges kannte der General nicht. Er vermutete eine Unstimmigkeit zwischen Andara und Ailin. Diese verschuldeten meist einen Krieg. Die beiden Herrscher waren oft wie Kinder, aber die Krieger, die sich in die Schlacht stürzten waren nicht besser. Es war eine Abwechslung und niemand machte sich Gedanken darüber, was passiert, wenn man nicht überlebt. Der Tod bedeutete den Sidhe nichts, man verschwand aus dem Leben.

Gerade noch rechtzeitig konnte der General der Keule eines Trolls ausweichen. Dabei fiel er vom Pferd. Der Schnee dämpfte seinen Aufprall. Er verfluchte seine Unachtsamkeit. Er durfte es sich nicht erlauben, das Schlachtfeld zu verlassen, das konnte seinen Tod bedeuten. Und sein Tod würde die Moral seiner Truppen schwächen.

Mit lautem Geheul stürzte er sich auf seinen größeren, kräftigeren Gegner und ein paar gezielte Schwerthiebe brachten den Troll zu Fall. Blutend überließ der General ihn seinem Schicksal und wandte seine Aufmerksamkeit einem anderen Gegner zu, während sich sein Pferd vom Schlachtfeld entfernte.

Der General wehrte sich verbissen gegen seine Angreifer. Er hatte nicht die Zeit, sich um seine Gefolgsleute zu kümmern, hoffte aber, dass sie sich genauso gut schlugen wie er. Mehr als einen Troll brachte er zu Fall und auch den gegnerischen Sidhekriegern konnte er sich zur Wehr setzen. Blut, das ihm über die Augen rann und der einsetzende Schneefall erschwerten ihm die Sicht.

Er starrte in die angespannten Gesichter seiner Widersacher, sah die Furcht und die Wut der Unbekannten, die Teil seiner Familie sein konnten. Dieser Gedanke brachte ihn zu Fall, eine erneute Unachtsamkeit seinerseits und der gekonnte Hieb eines Schwertes und er lag im Schnee. Mit dem Kopf schlug er auf einen Stein und verlor das Bewusstsein. Sein Angreifer, ein Sidhe, ließ von ihm ab.

Die Schlacht wurde fortgesetzt, ohne dass das Schicksal des Generals bemerkt wurde. Und der erfahrene Soldat träumte.

Der Krieger stand mit dem Rücken zu ihm. Deutlich erkannte
Gad das Spiel der Muskeln und sah den dünnen Schweißfilm
auf der nackten Haut.

Mit tänzerischen, leicht anmutenden Bewegungen durchlief
der Krieger seine Übungsroutinen, hieb auf unsichtbare
Gegner ein und versuchte sich in komplizierten Schritten. Er
hatte seine Umgebung vergessen, war eins mit seinem
Schwert.

Gad folgte jeder Bewegung des Mannes gebannt. Faszination
und Neid durchströmten den jungen Sidhe, gleichzeitig hoffte
er, als Schüler von dem erfahreneren Kämpfer lernen zu
können. Er sah auf sich hinunter. Groß und schlaksig war er,
kein Vergleich zu den Muskelbergen des älteren Sidhe.

Lautlos formten Gads Lippen den Namen des Kriegers:
Connor. Der beste Krieger der Sidhe und der Heerführer der
Königin. Und Gad, der Tollpatsch, wollte in seine Dienste
treten.

In einer mit dem Auge kaum zu verfolgenden Drehung fuhr
der Krieger herum, entdeckte den Beobachter am Rand des
Übungsplatzes. Das Schwert sank herab. Mit einer lässigen
Bewegung strich sich der Sidhe ein paar silbergraue Strähnen
aus dem Gesicht. Dunkelgrüne Augen musterten den Jungen
und ein erkennendes Lächeln legte sich auf das Gesicht.

„Du bist da. Also wird es nun Zeit ...“

General Connor stürzte auf Gad zu und schlug den Jungen
mit einem Hieb zu Boden. Dunkelheit benebelte die Sinne
des jüngeren Sidhe.

Gad erwachte mit Kopfschmerzen auf einer harten Matratze.
Ein Trollmädchen, etwa in seinem Alter, saß auf einem
Hocker neben dem Bett und sprang auf, als sie sein Erwachen

bemerkte. Bevor Gad etwas sagen konnte, hatte das Mädchen den kleinen Raum verlassen. Der benommene Sidhe sah sich um. Es gab nur ein kleines Fenster, das kaum Sonnenlicht durch ließ, das Bett und den Hocker. Neben der Tür lag eine Holzkiste.

„Du bist also wach", sagte Connor und betrat das Zimmer. Das Trollmädchen folgte ihm. Gad nickte nur.

„Und du willst tatsächlich Königin Andaras Heer beitreten?" Gad nickte erneut.

„Und warum glaubst du, sollen wir dich aufnehmen?"

„Ich ... ich ... ich weiß es nicht", stotterte der Junge. „Mein Vater meinte, ich könnte hier viel lernen."

Das Trollmädchen grinste breit. Auch der General lächelte.

„Du bist also zu nichts zu gebrauchen."

Gad kämpfte gegen die Tränen an.

„Die Armee ist kein Ort für Schwächlinge. Du hast viel zu lernen. Du kannst erst einmal hier bleiben." Connor deutete durch den Raum. „Das wird deine neue Heimat sein. Für zwei Wochen. Wenn du es in dieser Zeit nicht schaffst, Emma hier zu Boden zu zwingen, gehst du wieder nach Hause."

Der erfahrene Krieger verließ das Zimmer. „Der kleine Troll hier wird dich durch die Kaserne führen."

Gad nickte nur. Abschätzend blickte Emma ihn an.

„Ich glaube", sagte sie nach kurzer Zeit, „dass du nicht lange hier sein wirst!"

„Das werden wir ja sehen." Angriffslustig erwiderte er den Blick. Das Trollmädchen lachte.

„Ich bin sehr gespannt. Du hast bestimmt Hunger. Ich hole uns was."

Nachdem sie gegangen war seufzte Gad laut. Er würde es nie schaffen, Emma zu besiegen. Sie war kräftiger gebaut als er, war einen Kopf größer als er und hatte bestimmt schon Erfahrung im Kämpfen. Er würde nicht mithalten können.

Der General erwachte aus seiner Bewusstlosigkeit.
Der Geruch seines eigenen Blutes und andauernder Kampfeslärm umgab ihn. Er tastete nach seinem Schwert und seinem Schild. Noch hatte niemand die Zeit gefunden, ihn auszurauben. Das bedeutete, dass die Schlacht noch in vollem Gange war.
Im Liegen versuchte der General, sich einen Überblick über die Schlacht zu verschaffen. Weit reichte sein Blick nicht, aber da sich kein Gegner in unmittelbarer Umgebung befand, wagte er es aufzustehen. Und was er sah ließ sein Blut gefrieren. Das Heer Andaras war auf wenige Dutzend Krieger geschrumpft, während Ailins Streitmacht kaum Verluste erlitten hatte. Tote Sidhe und Trolle säumten den Boden des Schlachtfelds. Grüne Uniformen erkannte der General, Andara hatte starke Verluste erlitten. Aber die violette Farbe Lord Ailins war sehr präsent unter den Kriegern. Der General wusste nicht, wie der Gegner das schaffte, vielleicht war mächtige Magie im Spiel, welche die Sinne verwirrte und den Körper verletzte. Der General war kein großer Magier. Er war geübt im Kampf mit allen erdenklichen Waffen, aber seine magischen Künste waren gering. Er suchte nach einem begabten Illusionisten, aber er sah nur Krieger, vermutlich, weil die magisch begabten Sidhe bereits gefallen waren.

Der General griff an seine Seite und holte ein kleines Horn hervor. Damit blies er zum Rückzug. Diese Schlacht war verloren. Erneut würde es zu diplomatischen Verhandlungen kommen und dann...

Eine Woche später ... die Toten waren gezählt und die Sidhe begraben. Es hatte hohe Verluste gegeben und Ailins Heer hatte nur durch den Einsatz magischer Kräfte gewonnen. Wie nach jeder Schlacht folgte nun eine Zeit der Ruhe. Mitglieder beider Höfe konnten aufeinander treffen, ohne dass es gleich zu Auseinandersetzungen kam.

Der General saß am Rande es Übungsplatzes und sah jungen Sidhe beim Training zu. Er bemerkte Emmas Anwesenheit bevor sie sprach.

„Darf ich mich zu dir setzen?", fragte sie. Der Sidhe nickte und machte auf der Bank Platz.

„Ich bin müde", sagte er. „Es ist immer dasselbe und so sinnlos. Warum bekriegen wir uns?"

„Weil wir das immer schon getan haben. Die Feen der Dunkelheit gegen die Feen des Lichts."

„Und immer ohne Grund. Familien treffen aufeinander und schau dir die Neuen an. Einer von ihnen ist ein Verwandter Ailins und in der letzten Schlacht habe ich einen von Andaras Söhnen getötet. Warum bekriegen wir uns?"

„Weil wir es ..."

„Ja, ich weiß, aber warum? Früher haben die Sidhe ehrenhafte Kriege geführt. Der dunkle Hof führte seine Schlachten und wir unsere. Irgendwann waren die Feinde besiegt. Und jetzt?"

Der Sidhe und die Trollfrau schwiegen.

„Bist du des Krieges müde?", fragte Emma. Erstaunt sah der General sie an. Nach einer kurzen Zeit des Überlegens antwortete er. „Vielleicht ist es das. Es steckt keine Ehre in diesen Schlachten. Ailin und Andara sind wie kleine Kinder …"

„Lass sie das nur nicht hören!"

„Und wenn schon, so ist es doch. Wir tun was sie wollen. Sie sind unsere Herrscher, wir gehören ihren Höfen an und was sie verlangen wird getan. Und hin und wieder ist das Krieg."

Der General seufzte. „Gib mir einen Grund, Emma, warum wir das tun."

„Wir sind was wir sind. Ihr Sidhe habt euch schon immer dieser Hierarchie verschrieben. Der König oder die Königin regieren einen Hof. Ihr habt eure Titel, selbst der geringste Sidhe ist mehr wert als der stärkste Troll."

„Du klingst bitter!"

Emma lachte. „Warum auch nicht. Willst nur du dich deinen Depressionen hingeben?"

„Klinge ich so schlimm?"

Die Trollfrau nickte. „Fast hörst du dich an, als wolltest du deinem Leben ein Ende bereiten."

"Die nächste Schlacht kommt bestimmt."

„Ich kann mich an einen kleinen Jungen erinnern …"

Der General lächelte. „Das ist lange her."

„Dieser Junge ist tot."

„Natürlich. Was hast du erwartet?"

„Nicht das. Nie hätte ich gedacht, dass aus dem kleinen Sidhe, der unbedingt in die Armee wollte, ein gefürchteter Führer mit Selbstmordgedanken wird."

Der General schwieg.

„Gad?"

„Was ist?"

Emma nahm seine Hand in ihre. Obwohl er ein kräftiger Mann war, wirkten seine Finger wie die eines Kindes im Vergleich zu den Händen der großen Trollfrau.

„Du darfst dich nicht umbringen!"

„Irgendwann werde ich sterben."

„Mit diesen Gedanken früher als dir lieb ist."

Er sah ihr ins Gesicht. Ihre Augen leuchteten, dann flossen die Tränen und sie fiel ihm um den Hals.

„Du bedeutest mir so viel!", schluchzte sie. „Du darfst mich nicht allein lassen!"

Der Sidhe wusste mit diesem Gefühlsausbruch nichts anzufangen. Er hatte Emma als starke Frau kennen gelernt, die ihre Emotionen gut im Griff hatte. Das und ihre Waffenfertigkeiten machten sie zu einer guten Kriegerin, die der General gerne an seiner Seite hatte. Jetzt hielt er sie überfordert in den Armen und ließ sie vor sich hin schluchzen.

Auf dem Übungsplatz hatten einige der jungen Krieger ihre Übungskämpfe beendet und starrten das ungleiche Paar neugierig an. Erst nachdem der General ihnen böse Blicke zugeworfen hatte, nahmen sie ihre Übungen wieder auf.

„Ich mag dich Gad", sagte Emma. „Aber du wirst mich nie besiegen!"

Fast zwei Wochen hatte Gad in Andaras Heer ausgehalten. Er hatte mit den anderen Kadetten geübt, hatte sich geschlagen und etwas Geschick im Umgang mit dem Schwert erlangt. Dennoch waren seine Fortschritte nur langsam und lange würde sein Körper die Tortur nicht mehr mitmachen. Sein schmächtiger Körper war die Schläge nicht gewohnt, und wenn er keine Hiebe erhielt war es die Anstrengung, die ihn fast zu Boden gehen ließ. Er war ein Außenseiter unter den Sidhe und die anderen Feen wollten nichts von ihm wissen. Er war ein Schwächling, ein ungeliebter Sohn und das ließen ihn alle spüren. Alle bis auf Emma, die Zuneigung zu ihm gefasst hatte. Die beiden verbrachten jede freie Minute miteinander, auch wenn die Bedingung des Generals ständig über ihnen schwebte, wie die Hand des Schicksalsgottes.

Emma und Gad saßen auf einem Baumstamm auf einer Lichtung und starrten in den Himmel. In zwei Tagen würde Gad die Armee verlassen müssen.

„Was wäre", meinte das Trollmädchen. „wenn ich einfach behaupte, dass du mich im Kampf besiegt hast?"

„Dann wäre das eine Lüge."

„Und?"

„Das ist nicht richtig. Das ist Betrug."

„Und? Du wirst gehen müssen."

„Ja, aber niemand kann mir nehmen was ich hier gelernt habe."

„Wolltest du deswegen in die Armee?"

Gad schüttelte den Kopf.

„Nein, ich wäre gerne ein echter Krieger geworden."

Emma nahm seine Hand und zog ihn mit sich.

„Dann reden wir mit dem General!"

"Was?"

„Ja, wir bleiben bei der Wahrheit. Du wirst mich nicht besiegen können! Noch nicht. Irgendwann vielleicht, aber um das zu schaffen, musst du hier bleiben."

Emma zog Gad auf den Übungsplatz. Sein Herz schlug schnell und sein ganzer Körper war von Schweiß bedeckt.

Der General beaufsichtigte eine Gruppe erfahrener Kadetten und gab Ratschläge, wie sie ihren Schwertkampf verbessern können.

Respektlos boxte das Mädchen dem hoch gewachsenen Sidhe in die Seite und erlangte so seine Aufmerksamkeit.

„Was kann ich für dich tun?" Trotz der unhöflichen Unterbrechung lächelte der General.

Emma deutete auf Gad.

„Er wird mich nie besiegen können!"

„Übermorgen muss er das auch nicht mehr!"

„Dann muss er gehen."

„Ja."

„Das will ich aber nicht."

„So? Seit wann hast du ein Wort in der Sache mitzusprechen?"

Emma schwieg und starrte betreten zu Boden. Gad wünschte sich an einen anderen Ort, aber er konnte sich aus dem Griff des Trollmädchens nicht befreien. Wie ein Schraubstock hielt sie ihn fest. Eine Ewigkeit schien zu vergehen.

„Dann gehe ich auch", sagte Emma und sah trotzig zum General auf.

„Er ist mein Freund und ich will ihn nicht verlieren. Noch nie hat sich ein Sidhe mit mir abgegeben. Und er ist nett …"

„So?" Der General lächelte. „Dann habe ich ja keine andere Wahl. Ich kann euch beide nicht gehen lassen."

Die beiden Kinder sahen sich erstaunt an.

„In meiner Armee kämpfen Sidhe mit Sidhe und Trolle mit Trollen. Wenn ich beide Feen zusammenbringen kann, wird meine Armee stärker. Und mit euch als Beispiel sollte mir das auch gelingen."

„Ich verstehe kein Wort", flüsterte Emma Gad zu. „Ich auch nicht, aber wir bleiben."

Die Trollfrau löste sich vom General und wischte sich die Tränen aus dem Gesicht.

„Wir sind Freunde", sagte sie. „Sprich nicht davon, dass du sterben willst. Nur der Tod kann uns trennen!"

Ein Lächeln schlich sich auf das Gesicht des Generals, erst zögernd, aber schließlich grinste er über das ganze Gesicht. Und Tränen flossen ihm die Wangen herunter, so ergriffen war er von Emmas Worten und ihrer vorangegangenen Reaktion.

„Die Kadetten werden reden", sagte er und trocknete sein Gesicht mit der Hand.

„Lass sie doch! Wir sollen ihnen ein Vorbild sein und wenn sie sehen, dass sich ein Sidhe und ein Troll umarmen, dann verlieren sie ihre Berührungsängste."

Der General seufzte. „Auch wenn ich das Gefühl habe, dass das noch ein paar Ewigkeiten dauern wird."

Ein paar Jahre später. Erneut trafen die Heere der beiden Sidheherrscher aufeinander.

Der klare Wintertag war durchzogen von Schreien, dem Klirren von Stahl auf Stahl und dem Brechen von Knochen. Der Geruch von Blut erfüllte die Luft.

Längst hatte der General sein Schwert gezogen, kämpfte sich beidhändig seinen Weg durch die Reihen der gegnerischen

Krieger. Verbissen, unermüdlich, tödlich. Und jeder tote Sidhe versetzte ihm einen kleinen Stich.

Trolle werden wiedergeboren, dachte er. *Sidhe verschwinden.* Für kurze Zeit ließ seine Aufmerksamkeit nach und einer kleinen Gruppe feindlicher Krieger gelang es, ihn einzukreisen. Vier zu eins. Der General verfluchte sich, konzentrierte sich aber auf den Kampf. Gleichzeitig stürzten sich die Gegner auf ihn. Sie waren jung und geschickt im Umgang mit Schwert und Schild. Der General parierte und wich aus, konnte hier und da einen Treffer landen, aber nie waren es stärkere Wunden. Er konnte seine Feinde nicht erkennen, Helme verbargen ihre Gesichter. Waren es Verwandte, Angehörige von Freunden? Er durfte sich nicht ablenken lassen, aber er war des Krieges müde. Es wäre leicht, sich jetzt überwältigen zu lassen. Er senkte das Schwert, aber bevor noch einer seiner Angreifer diesen Vorteil nutzen konnte, bekam der unterliegende Sidhe Unterstützung.

Mit einem wütenden Schrei stürzte sich Emma auf die gegnerischen Krieger und wütete mit ihrer Axt wie eine Berserkerin. Überrascht wehrten sich die Sidhe kaum und lagen blutend und entwaffnet am Boden, bevor der General den Namen der Trollfrau sagen konnte.

„Heute ist nicht der Tag deines Todes", sagte sie, dann wütete sie an anderer Stelle weiter. Der General folgte ihr, bis er sich einem einzelnen Mann gegenüber sah.

Die breite Gestalt steckte in einer reich verzierten Rüstung, die über und über mit Blut befleckt war. Das Gesicht war von einem geschlossenen Helm verborgen, der nur einen Schlitz für die Augen frei ließ, aber der General wusste, wem er

gegenüber stand: Ailins General. Ihre Blicke begegneten
sich, Hass traf auf Wut. Der General wollte sich auf seinen
Widersacher stürzen, doch dieser hob nur die Hand und ließ
ihn in der Bewegung erstarren.

„Ich bin nicht hier, um gegen Euch zu kämpfen", sagte Ailins
Heerführer. „Ich bin hier, um ein Friedensangebot zu
machen."

Und so endete auch diese Schlacht. Die Toten wurden
beerdigt, jeder ging seines Weges … bis zum nächsten Krieg.

Der General legte daraufhin sein Amt nieder. Er war für seine
Aufgabe nicht geeignet. Er überließ Emma seinen Posten und
zog sich in die Einsamkeit des Waldes zurück. Nur die
Trollfrau wusste, wo er zu finden war und sie besuchte ihn
oft.

Sie sprachen kaum über den Krieg und seine Sinnlosigkeit,
sie sprachen wie Freunde miteinander. Bis zu dem Tag an
dem Emma in einer Schlacht fiel.

Die Rückkehr der Formorer

„Wie konntest du nur, Roan! Weißt du, was du uns da ins Haus gebracht hast?"

Siena gab sich keine Mühe, ihre Stimme leise zu halten. Ihr war es gleich, ob der Schwerverletzte im Nebenzimmer jedes Wort mitanhören konnte.

„Hast du auch nur eine Minute an mich oder unsere Kinder gedacht? Ich will diesen Mann nicht unter meinem Dach!"

Allmählich verflog ihr Zorn, wich die Panik ruhiger Überlegung und auch die stille Art ihres Gatten trug dazu bei, dass Siena mit jedem Wort leiser wurde. Bisher hatte Roan sich noch mit keinem einzigen Satz verteidigt oder seine Entscheidung gerechtfertigt. Er ließ den Wortschwall seiner Frau anteilslos über sich ergehen. Er wusste, dass sie irgendwann damit aufhören würde und irgendwann würde sie seine Entscheidung akzeptieren und vielleicht sogar verstehen, warum er den halbtoten Krieger an sein Gut gebracht hatte. Seufzend griff Siena nach der kalten Hand ihres Mannes und verlor sich für wenige Momente in seinen eisgrauen Augen, die ihr in Zeiten der Trauer Trost spendeten, ihr Kraft gaben und ihr an jedem Tag neu ihr Glück zeigten. Roan war trotz seiner selten auftretenden Eigensinnigkeit seit nun mehr als zehn Jahren ein treusorgender Ehemann und der beste Vater, den sie sich für ihre beiden Kinder wünschen konnte. Er war der ruhende Pol in ihrer Beziehung, er war es, der sich nicht von seinen Gefühlen leiten ließ und erst nachdachte, ehe er handelte. Es musste einen Grund geben, warum er den Soldaten nicht sterben ließ, warum er sich den Zorn König Ailins aussetzte.

Und wer weiß wie Königin Andara reagierte, wenn sie erfuhr, dass einer ihrer Gefolgsleute einem ihrer Feinde half.

Siena dachte nach und sie beruhigte sich.

„Warum musstest du ihn ausgerechnet in unser Haus bringen lassen?", fragte sie. „Warum hast du ihn nicht liegen lassen? Sieh ihn dir doch an! Er ist ein Soldat aus Ailins Armee! Roan, bitte! Es waren bestimmt Andaras Leute, die ihn so zugerichtet haben."

"Was willst du mit ihm machen?", entgegnete Roan. „Soll ich ihn zurück auf die Straße schleppen? Sollen wir ihn sterben lassen und dann vergraben oder den Tieren im Wald zum Fraß vorwerfen?"

Bei seinen Worten erschauderten die beiden, denn nichts war schlimmer für einen Sidhe, als zu sterben. Niemand wusste, was mit den Toten geschah. Alle anderen Feen wurden wieder geboren, doch ein toter Sidhe war für immer verloren. Keine Wiedergeburt, kein Totenreich, die Existenz wurde beendet, für immer. Und wenn ein Sidhe starb, so geschah das auf unnatürliche Weise, meist durch die Hand eines anderen Sidhe.

Roan hatte den bewusstlosen Fremden am Nachmittag in einem der leerstehenden Räume untergebracht. Er trug eine leichte Rüstung in silbern und violett, ein Sidhe des dunklen Hofes. Bei seinem Anblick war Siena ein eisiger Schauer über den Rücken gelaufen. Noch immer wunderte es sie, dass er nicht im Laufe des Tages an den schweren Verletzungen, Schnitte am Oberkörper, im Gesicht, offene Wunden, in denen sich bereits Eiter bildete, gestorben war. Er schien einen unglaublichen Lebenswillen zu besitzen.

„Ich kann deine Sorge verstehen, Siena", sagte Roan. „Aber solange niemand von unserem Gast weiß, gibt es gar keinen Anlass dafür. Und jeder auf dem Gut wird schweigen."

Siena nickte langsam, aber ganz überzeugen konnten sie die Worte ihres Mannes nicht. Es steckte mehr dahinter, dieser dunkle Sidhe musste wichtig für ihn sein.

Roan hatte von Anfang an klargestellt, dass seine Arbeit nichts war, was in ihr Privatleben gehörte, dass es nur unnötige Risiken mit sich bringen würde, wenn er ihr zu viel von seiner Arbeit hinter verschlossenen Türen erzählen würde.

Sie zügelte ihre Neugier, gab es doch auf dem Gut genug zu tun. Nie stellte sie Fragen und nie störte sie ihren Mann, wenn er sich in sein sogenanntes Arbeitszimmer zurückzog.

Roan führte sie an einen Stuhl und das Paar setzte sich.

„Vielleicht ist es an der Zeit, dir von meinen Forschungen zu erzählen. Vielleicht verstehst du dann, warum Ailins Mann so wichtig für mich ist und warum er hier bleiben muss."

Erwartungsvoll sah Siena ihren Mann an, der nach einem kurzen Zögern fortfuhr: „Vor zwei Jahren fiel mir zufällig ein äußerst interessantes Schriftstück in die Hände, eine Aufzeichnung, die vermutlich aus den ersten Formorer-Kriegen stammt. Das Material ist nicht sehr gut erhalten und ein Großteil ist zerstört gewesen. Wenig ist aus der alten Zeit erhalten geblieben und das geringe Wissen wird gut gehütet. Keiner der Sidhe-Krieger dürfte noch am Leben sein ..."

„Sie müssen tausende Jahre alt sein", flüsterte Siena und Roan nickte.

„So alt wird niemand", sagte er.

„Warum nicht?", widersprach seine Frau. „Ich habe von Sidhe gehört, die sich in die Wälder zurückgezogen haben. Wenn sie in absoluter Abgeschiedenheit leben, müssten sie bis ans Ende Arkadias leben."

Roan überlegte kurz. „Ich kann nicht widerlegen, was du behauptest, aber sind wir wirklich unsterblich? Können wir Jahrtausende überleben? Und wenn, wie wäre es, so alt zu werden?"

„Ailin ist alt", meinte Siena. „Und Andara ist es auch."

„Wir wissen nicht, wie alt die beiden sind", entgegnete Roan. „Sie regieren über die Höfe seit wir beide denken können. Das könnte aber auch nur bedeuten, dass sie etwas älter sind als wir."

„Und wer herrschte vor ihnen?"

Roan schwieg. „In den alten Schriften, die ich gelesen habe, werden nie Namen genannt. Da gibt es den König der Dunkelfeen und die Königin der Lichtfeen."

„Aber du willst mir etwas anderes sagen."

„Richtig. Du weißt selbst, dass ich mich in letzter Zeit oft und lange in meinem Arbeitszimmer aufgehalten habe. Wenn ich richtig liege, handelt es sich bei diesem Pergament um die Aufzeichnungen eines wiedergeborenen Sidhe."

„Das ist unmöglich!", unterbrach Siena ihn. „Tote Sidhe verschwinden einfach. Nichts passiert mit ihnen."

„Das ist unser Glaube", gab ihr Roan Recht. „Aber was ist, wenn es anders ist. Wenn es Tatsachen sind, die dagegen sprechen?"

„Dann wundert es mich, wenn wir nichts davon wissen."

Siena ließ sich von der Aufregung ihres Mannes anstecken. Vergessen war der verletzte Fremde. Gespannt lauschte sie, mit schnell schlagendem Herzen, den Worten Roans.

„Wir wissen viel über die Bestattungsriten der anderen Feen. Es gibt zwar keine schriftlichen Aufzeichnungen, soweit ich weiß, aber das Wissen wird an die Nachkommen weitergegeben. Und manchmal werden Feen geboren, die das Wissen ihrer Vorfahren bereits besitzen. Einige Arkadier wissen sogar, was nach ihrem Tod mit ihnen passiert."

„Ja", unterbrach Siena ihren Mann. „Das weiß ich doch alles, das musst du mir nicht sagen."

„Entschuldige, ich habe mich wohl vergessen."

Siena grinste breit und nahm Roans Hand in ihre.

„Schon gut, ich wollte nicht ungeduldig sein, ich bin nur neugierig auf deine Entdeckung."

„Das Pergament hat ein Sidhe namens Perlhan verfasst. Er war dabei als die Sidhe beider Höfe gegen die Formorer kämpften. Er fand in einer der Schlachten den Tod. Ich habe tatsächlich ein paar Hinweise auf einen Krieger mit dem Namen Perlhan gefunden und ich glaube, dass dieser Perlhan identisch mit dem Verfasser der Schrift ist."

„Aber sicher bist du nicht, oder?"

Kopfschüttelnd erhob sich Siena, trat ans offene Fenster und ließ ihren Blick über das Gut steifen. Auch Roan stand auf und trat hinter sie, seine Hände auf ihre Schultern gelegt.

„Der entscheidende Hinweis in diesem Schriftstück war die Dunkelheit. Perlhan beschreibt seinen Tod in allen Einzelheiten. Als er durch die Hand eines Formorers starb umgab ihn absolute Dunkelheit. Er spürte nichts und er sah nichts."

„Und du glaubst, dass er die Wahrheit schreibt?"

„Ich weiß es nicht, aber ich hoffe es. Wenn es wirklich wiedergeborene Sidhe gibt, dann müssen wir den Tod nicht mehr fürchten."

„Ich weiß ja nicht ..."

Sienas anfängliche Begeisterung für die Erkenntnisse ihres Mannes schwanden, je mehr sie hörte. Bisher klang das Gehörte wie das Wunschdenken eines Kindes.

Die Sidhe fürchteten das Sterben und es gab eine kleine Gruppe unter ihnen, die sich mit der Erforschung des Todes befassten. Roan gehörte zu ihnen.

Die Todessidhe, wie sie genannt wurden, waren nicht sehr hoch angesehen innerhalb der Sidhegesellschaft, weshalb sie ihre Arbeiten auch für sich behielten. Großartige Erkenntnisse hatten sie, soweit Siena wusste, noch nicht erlangt. Vielleicht war es ihrem Mann jetzt gelungen, dennoch blieb sie skeptisch.

„Gavin ist einer meiner Verbindungsmänner an König Ailins Hof. Durch ihn gelange ich an das Wissen der dunklen Feen."

„Gavin?"

„Der Verletzte. Niemand darf wissen, dass er hier ist. Er wollte sich mit mir treffen, aber als ich am Treffpunkt erschien war er schon halb tot."

Ein Zittern durchlief Siena. Immer wieder erschütterten Kriege Arkadien, aber in den letzten Jahren herrschte Frieden zwischen den Höfen. Die Gesetze, an die sich die dunklen und die lichten Feen halten mussten, verboten das Töten eines Sidhes. Siena kannte kein größeres

Raubtier, welches sich hier in die Gegend wagte und wie der Angriff eines Bären oder Wolfes sahen die Verletzungen nicht aus.

„Wird er diese Nacht überhaupt überleben?"

Auch wenn die Anwesenheit des Fremden die Ruhe ihres Heimes störte, war er doch ein Sidhe, so wie sie und Roan. Ihr Vertrauen in ihren Mann war bisher nicht enttäuscht worden und so würde sie sich auch dieses Mal seinem Willen fügen.

„Ich hoffe es. Vinerva will heute und morgen noch einmal nach ihm sehen und ich werde in der Nacht über ihn wachen. Vielleicht erlangt er ja das Bewusstsein."

Die junge Heilerin hatte den Körper des Fremden mit heilenden Salben und Tinkturen bestrichen. Doch in ihrem Gesicht war zu lesen gewesen, dass sie kaum Hoffnung für den Mann hatte. Roan hatte auch ihr das Versprechen des Stillschweigens abgenommen und Siena wusste, dass ein Geheimnis bei einer Heilerin gut aufgehoben war.

Feen, die mit Heilkräften ausgestattet waren, sprachen nur mit direkten Angehörigen oder Vorgesetzten über ihre Schützlinge. Siena hoffte, dass ihre Mägde und Knechte ebenso verschwiegen waren und Gavins Anwesenheit keine Folgen nach sich ziehen würde.

„Mach dir keine Sorgen, Liebste", sagte Roan, als könnte er ihre Gedanken lesen. „Unseren Kindern wird nichts geschehen und uns ebenso wenig." Zärtlich drehte er sie zu sich um und drückte ihr einen Kuss auf die Stirn. „Es ist schon spät. Geh zu Bett, wenn du müde bist, ich werde noch eine Weile arbeiten! Warte nicht auf mich, ich bleibe bei Gavin!"

Ein Lächeln schlich sich auf sein sonst ernstes Gesicht und sie nickte. Sie würde schlafen und alle Sorgen von sich abstreifen. Auch wenn sie wusste, dass es sicher nicht so einfach werden würde.

Am nächsten Morgen hatte sich Gavins Zustand nicht verändert. Roan sah aus, als hätte er nicht geschlafen und erst als Vinerva ihn nachdrücklich bat, sich selbst zu schonen, hatte er sich zu Bett gelegt. Siena musste ihm versprechen, ihn zu rufen, sobald es eine Veränderung an Gavins Verhalten gab. Vinerva wollte öfter vorbeikommen. Es gab keine weiteren Notfälle auf dem Gut und dem Umland, so dass sie ihre ganze Aufmerksamkeit Gavin zuwenden konnte. Die junge Heilerin wollte nach Eschenkraut suchen, einer seltenen Pflanze, der jedoch stärkere Heilkräfte nachgesagt wurde, als den Kräutern, die sich in Vinervas Kräutergarten befanden.

Siena beaufsichtigte in der Küche das Personal, war in Gedanken aber ständig bei Gavin. Was konnte er über das Leben der Sidhe nach dem Tod wissen? Und ständig kreiste die Frage durch ihren Kopf, wer ihm diese Verletzungen zugefügt hatte. Sie schüttelte den Kopf, so als könne sie die Gedanken wie eine lästige Mücke vertreiben, doch die innere Unruhe blieb. Als sie glaubte ein Geräusch aus dem Gästezimmer zu hören, rannte sie los, um nach dem Rechten zu sehen. Die Tür zu Roans Arbeitszimmer war offen. Roan schloss das Zimmer immer ab und sie glaubte nicht, dass er auf dem Weg ins Bett noch einmal hineingegangen war und dann vergessen hatte abzusperren. Rasch warf sie einen Blick hinein und erstarrte. Die vielen Bücher, die sonst ordentlich sortiert in den Regalen entlang der Wand standen, waren über den Boden verteilt, die Schubladen des Schreibtischs aufgerissen und die zwei Kommoden waren vollkommen durchwühlt worden. Kraftlos klammerte Siena sich an den Türrahmen, am ganzen Körper zitternd, mit Tränen in den Augen, die sie das Bild des Chaos nur noch verschwommen wahrnehmen ließen.

„Roan!", rief sie. Nachdem sie keine Antwort erhielt, rief sie lauter, bis sie aus dem Schlafzimmer Gemurmel hörte.

„Roan!", schrie sie und legte noch mehr Dringlichkeit in ihre Stimme.

Kurze Zeit später verursachte Roan noch mehr Unordnung. Er nahm Bücher vom Boden auf, warf einen Blick hinein und warf sie achtlos in eine andere Ecke. Er riss die Schubladen ganz aus den Kommoden.

„Wer hat das getan?", murmelte er immer wieder. Siena war vergessen. Plötzlich unterbrach er seine Durchsuchung.

„Gavin!", schrie er und rannte an seiner Frau vorbei ins Gästezimmer. Siena folgte ihm auf den Fuß. Roan riss die Tür des Zimmers auf und erstarrte. Siena rannte gegen ihn und beide stolperten in den Raum.

Gavin lag unverändert bewusstlos im Bett. Zu seinen Füßen lag Vinerva, tot.

„Was ...?" Siena konnte ihr Entsetzen nicht in Worte fassen. Sie verstand die Situation nicht. Die Heilerin hatte immer wieder nach dem Fremden gesehen, aber ihr Tod war unerklärlich. Roan beugte sich über den leblosen Körper, konnte aber auch nach längerem Durchsuchen keinen Grund für ihren Tod feststellen. „Das kann nicht sein", flüsterte er. „Es kann."

Roan zuckte zusammen, während Siena einen spitzen Schrei von sich gab und aus dem Raum flüchtete.

Gavin hatte sich aufgerichtet und sah Roan mit leuchtenden violetten Augen an.

„Was? Wie?"

Roan stand die Verwirrung ins Gesicht geschrieben. Gavin lachte laut.

„Lass mich dir ein Geheimnis verraten!", sagte er grinsend.

„Wenn ein Sidhe stirbt, dann ist er tot. Ein Sidhe hat keine Seele. Ohne Seele keine Widergeburt. Was euch erwartet, wenn ihr gestorben seid, ist die vollkommene Auslöschung. Das ewige Nichts, aber das kann euch dann egal sein."

„Euch?"

„Euch Sidhe."

„Dann ... was bist du?"

„Nicht Gavin. Dein Freund Gavin ist tot, ausgelöscht. Genauso wie Vinerva."

"Aber warum?"

Siena lauschte dem Gespräch. Sie hatte Angst, aber sie wollte Roan nicht alleine lassen. Auch um ihn hatte sie Angst. Sie glaubte, dass Gavin für Vinervas Tod verantwortlich war und sie konnte nicht zulassen, dass er ihr Roan nahm.

„Ach, nur so", sagte Gavin. „Vinerva musste sterben, weil sie mein Geheimnis herausgefunden hatte und du wirst sterben, weil ich es dir verraten werde. Du willst es wissen, das sehe ich dir an, aber mit diesem Wissen kann ich dich nicht leben lassen."

Roan schwieg und Siena hielt für einen Augenblick den Atem an. Sollte sie zurück in den Raum stürzen und das fremde Wesen angreifen? Würde sie damit Roan helfen? Sie glaubte es nicht, aber sie hoffte irgendwie, seinen Tod verhindern zu können.

„Ich kannte Perlhan persönlich und ich muss dir sagen, dass er ein Träumer war. Während des Krieges gegen die Formorer suchte er Ablenkung in der Poesie. Die Geschichte seines Todes ist reine Erfindung, obwohl er natürlich durch einen Formorer starb. Durch meine Hand, wenn ich das sagen darf."

Ein teuflisches Grinsen schlich sich auf sein Gesicht und ließ Roans Blut in den Adern gefrieren. Siena glaubte sich verhört zu haben, aber in Gavins Stimme klang keine Andeutung eines Witzes. Doch die Formorer waren tot. Das wusste jeder. Sie waren erfolgreich vernichtet worden. Und sie wurden, wie die Sidhe, nicht wiedergeboren. So hieß es zumindest, aber sowohl Siena als auch Roan mussten an diesem allgemeinen Wissen nun zweifeln.

„Lange haben wir uns vor euch versteckt", sagte der Formorer und klang sehr überheblich. „Inzwischen dürften diejenigen unter euch, die dabei gewesen sind, tot sein. Niemand weiß wie schrecklich der Krieg damals war und welche Fähigkeiten wir besitzen."

Vor Roans Augen veränderte sich Gavin. Die Wunden schlossen sich, die spitzen Ohren wurden rund, die Gestalt wurde größer und kräftiger. Die sanfte Gesichtsform des Sidhe wich einem grobschlächtigerem Erscheinungsbild, die Haare wurden länger und kräftige Hauer traten aus dem Mund hervor. Der Formorer hatte nur ein funktionierendes Auge, das andere war von einem Hautlappen verdeckt. Laut lachte das Monster als es Roans erschrockenen Blick sah.

„Ja", sagte Gavin, „So sehe ich aus, deformiert und hässlich. Hässlicher noch als du es je von einem Feenwesen erwartet hättest. Aber du weißt eben nicht alles."

„Ich sterbe sowieso", sagte Roan mit zitternder Stimme, „also kannst du mir auch sagen, warum du hier bist und nicht Gavin."

„Natürlich. Ich habe nur zufällig von den Todessidhe erfahren. Ich war als Spion an König Ailins Hof und um der Langeweile zu entgehen, befasste ich mich mit euch. Einige sehr angesehene Gelehrte gehören zu euch, da wundert es mich ehrlich gesagt, dass ihr so wenig über euren Tod wisst. Ich habe Gavin Freundschaft vorgeheuchelt und er zeigte mir viel von seinen Forschungen. Ich erfuhr auch von seinen Kontakten bei Königin Andara, aber die interessierten mich zunächst nicht. Dann ging mir Gavin aus dem Weg. Erst wusste ich nicht warum, aber bald schon bemerkte ich, dass er etwas über mich erfahren hatte. Ich stellte ihn zur Rede und er sagte mir direkt ins Gesicht, dass er wusste, dass ich kein Sidhe sei. Noch wusste er nicht, was ich war, aber es war bestimmt nur noch eine Frage der Zeit, bis er es herausgefunden hätte. Ich musste ihn töten, aber leider entkam er mir. Von anderen Todessidhe erfuhr ich, dass er sich mit einem Gelehrten des lichten Hofes treffen wollte. So hatte ich immerhin einen Anhaltspunkt und es ist nicht schwer, den wenigen Straßen zu folgen. Gavin tat es, der Idiot."

"Aber wenn du Gavin töten wolltest, dann hättest du dir die Maskerade mit den Verletzungen sparen können."

„Wenn ich mehr über euer Verhältnis gewusst hätte, wäre das leichter gewesen, aber so schien es mir am einfachsten, den

Bewusstlosen zu spielen, um mehr zu erfahren. Dass ihr eine fähige Heilerin auf dem Gut habt, hätte ich nicht gedacht, sie hat meine Tarnung erkannt."

Siena hatte genug gehört. Es konnte nicht mehr lange dauern, bis Gavin Roan tötete und sie konnte nicht sicher sein, dass sie und die restlichen Gutsbewohner überleben würden.

„Du hättest doch auch wieder zurückkehren können", sagte Roan. „Warum bist du hergekommen? Dafür hattest du doch keinen Grund."

„Nenne es Neugierde", antwortete der Formorer. „Die Sidhe des dunklen Hofes wissen so wenig über den Tod, ich wollte wissen, was die lichten Feen wissen. Aber ihr wisst ja noch weniger als die anderen."

„Du hast mein Arbeitszimmer durchsucht!"

„Ja, aber es war alles nur belanglos. Die wahre Erleuchtung habt ihr noch nicht gefunden und ich bezweifle, dass das jemals der Fall sein wird."

„Kennst du das Geheimnis des Todes?"

„Was für eine naive Frage. Natürlich kenne ich es nicht. Aber da ich ewig lebe, so wie es aussieht, muss mich das auch nicht interessieren."

Siena war ins Schlafzimmer gegangen. Ihre Mutter kannte einige Zauber, die nur wenigen anderen Sidhe bekannt waren. Sie hatte sie von einem Kobold gelernt, um Haus und Hof vor bösen Einflüssen zu schützen. Siena war es nie in den Sinn gekommen, dass sie in Zeiten des Friedens darauf zurückgreifen müsste. Selbst wenn die Höfe sich bekriegten, kam es kaum zu Übergriffen auf das Gut und eine Handvoll bewaffneter Sidhe reichte aus, Banditen zu vertreiben.

Sie wühlte in den wenigen Schriftrollen, die sie ihr Eigen nennen konnte und las sich das kleine Ritual durch. Es war nicht schwer, mehr ein kleines Kochrezept als ein echter Zauber, aber er sollte wirken.

Sie nahm das Pergament und lief in die Küche. Auf dem Weg dorthin brach sie zusammen. Tot.

Der Formorer blickte auf den toten Körper Roans.

Erstaunlich, dachte er. *Es ist so leicht sie zu töten, aber sie haben uns besiegt. Wie haben sie das nur geschafft?*

Er musste sich nur auf die lebenswichtigen Körperfunktionen der Sidhe konzentrieren und diese anhalten. Kein Sidhe rechnete damit und leistete auch keine Gegenwehr. Er starb einfach. Der Formorer konnte ohne Schwierigkeiten seine Kräfte auf alle Bewohner des kleinen Gutes ausüben. Alle Sidhe starben.

Befriedigt verließ das Monster das Gebäude. Er würde zurück an König Ailins Hof gehen. Niemand würde wissen, dass die alten Feinde zurück waren. Die einzigen Mitwisser waren tot. Und die anderen, die unschuldig ihr Leben ließen, ohne zu wissen warum, waren dem Formorer egal. Es war nur eine Demonstration seiner Kraft.

Und während sich die Bestie auf den Rückweg machte, nahm sie wieder die Gestalt eines Sidhes an.

Eine mysteriöse Frau

Erstaunt sah Li von ihrer Lektüre auf. Die Chinesin mit dem
zeitlosen Erscheinungsbild einer jungen Frau blickte auf die
andere Seite des Tresens. Und dort stand sie. Die andere
Frau. Verwundert hob Li eine ihrer Augenbrauen. Von Bär,
dem Türsteher, war kein Wort gekommen, obwohl niemand
an ihm ungesehen vorbeikam. Verstohlen warf sie einen
Blick zur Tür. Der muskulöse Mann zeigte ihr den Rücken
und hatte kein Interesse an der fremden Frau. Li würde später
ein Wort mit ihm reden müssen.

„Was kann ich für Sie tun?", fragte sie den Gast, den
einzigen Gast an diesem frühen Abend.

„Ich wollte dich sehen!", sagte die Frau. Sie hatte eine
weiche, angenehme Stimme. Das bezaubernde Lächeln
erweichte sofort Lis Herz, obwohl sie selten für die Reize
eines anderen Wesens empfänglich war. Und die fremde Frau
sah gut aus. Kaukasisch, schlank, mit blonden, schulterlangen
Haaren. Ihre leuchtend blauen Augen sahen Li direkt ins
Gesicht.

Sobald die beiden Frauen gesprochen hatten, drehte sich auch
der Türsteher um. Verwundert sah er die Fremde an und
runzelte die Stirn. Er wollte etwas sagen, aber Li brachte ihn
mit einer einfachen Handbewegung zum Schweigen. Das
Starren konnte sie ihm allerdings nicht verbieten.

„Kennen wir uns?", fragte sie und die Fremde schüttelte den
Kopf.

„Noch nicht, aber ich würde das gerne ändern."

Obwohl Lis Lächeln unverbindlich wirkte, sah man ihrem Blick doch das Erstaunen an.

„Es gibt nur wenige Frauen, die den Weg ins Incubus finden", sagte sie langsam. „Nein, noch nie war eine andere Frau hier", korrigierte sie sich dann.

Das Lächeln des Gastes blieb bezaubernd.

„Gibt es nicht für alles ein erstes Mal?"

„Ich dachte nicht, dass man mich noch überraschen könnte."

Bär wagte es nicht, sich den beiden Frauen zu nähern. Er hatte die Fremde nicht hereingelassen, sie aber auch nicht abgewiesen. Er hatte nicht bemerkt wie sie in die kleine Bar gekommen war. Das Incubus war kein Ort für Frauen. Li war die Ausnahme, aber Bär vermutete, dass ihr der Club gehörte, auch wenn er es nicht mit Sicherheit sagen konnte. Aber sie war immer hier.

Das Incubus war ein Gayclub für den außergewöhnlichen Geschmack. Dieser außergewöhnliche Geschmack besagte allerdings nur, dass Bär jeden abwies, den er nicht kannte oder der nicht vorweisen konnte, dass er mit jemandem verabredet war.

Die Innenausstattung konnte als merkwürdig bezeichnet werde. Schwarz war die vorherrschende Farbe. Schwarzlicht und Grablichter an den Tischen boten eine ausreichende Beleuchtung, tauchten den Club aber in eine düster-romantische Atmosphäre. Es gab nur wenige Sitzgelegenheiten, schwarze Glastische umgeben von ebenfalls schwarzen Ledersesseln. Die Theke bestand aus schwarzem Marmor, die Barhocker davor aus Edelstahl mit schwarzen Polstern. Nur die Grablichter und die

Getränkekarten waren rot, ebenso die Aschenbecher und die Gläser. Leise Klaviermusik ertönte aus unsichtbaren Lautsprechern im Hintergrund. Und Li wirkte, als würde sie zum Inventar gehören. Die hoch gewachsene Chinesin war bleich wie Marmor, mit blutrot geschminkten Lippen. Ihre langen Fingernägel waren schwarz lackiert und ihre Augen hatten einen leichten goldenen Schimmer. Ihr langes, rotes Kleid betonte ihre Figur und unterstrich ihr exotisches Erscheinungsbild. Sie war eine gut aussehende Frau, das musste sich auch Bär eingestehen, aber ihr kaltes Verhalten ließ kaum ein anderes Wesen an sie heran. Und da kam diese Fremde aus dem Nichts und war kaum eine Armlänge von ihr entfernt.

Unterschiedlicher konnten die beiden nicht sein. Die Fremde hatte langes, blondes Haar, strahlend blaue Augen und feine Gesichtszüge. Sie war schlank und leger mit Jeans und Bluse gekleidet. Sie schien auf ihr Äußeres zu achten, doch Bär konnte nur dezente Hinweise von Wangenrouge und Lippenstift entdecken.

Die Frau musste knapp über zwanzig sein, trat aber auf, als hätte ihr das Leben nichts mehr zu geben. Noch nie hatte Bär jemanden gesehen, der sich Li gegenüber so respektlos und scheinbar überlegen verhielt. Und Li ließ es sich gefallen.

Wer war sie?

„Wer bist du?", fragte Li.

„Raphaela."

„Und warum bist du hier?"

„Um dich kennen zu lernen, und um dich zu verführen."

„Mich?"

Li lachte laut auf. „Mich hat schon lange keine Frau mehr verführt. Oder ein Mann."

Raphaela streckte ihren Arm aus und berührte sanft den nackten Unterarm der Chinesin. Sofort stellten sich die feinen Härchen vor Erregung auf.

„Es hat wohl niemand versucht", flüsterte die Blondine.

„Bär!", sagte Li so laut, dass sowohl der Angesprochene als auch Raphaela erschrocken zusammenzuckte.

„Heute kommt niemand mehr, du kannst gehen!"

Der Türsteher setzte zu einem Widerspruch an, überlegte es sich dann jedoch anders und entschwand in den frühen Abend.

„Jetzt sind wir alleine", sagte Li und lächelte. „Und jetzt sag mir, wer du wirklich bist und warum du hier bist!"

Ihre Stimme klang hart und jegliche Freundlichkeit war verschwunden. Raphaela blieb gelassen. Sie fuhr fort, Li zu streicheln, und auch ihr Lächeln verschwand nicht.

„Ich bin Raphaela, und ich bin hier, um dich zu verführen!"

„Warum?"

„Um zu sehen, ob ich es kann."

„Und?", fragte Li mit amüsierter Stimme. "Kannst du es?"

„Ich bin mir im Moment nicht sicher, wer hier wen verführt", gestand Raphaela, zeigte sich aber nicht beunruhigt.

Langsam kamen sich die beiden Frauen näher. Sie sahen sich an, berührten sich sanft, streichelten sich. Lis Kleid glitt zu Boden, als wäre es nicht mehr als Wasser. Der Körper der Chinesin hatte etwas mädchenhaftes, nichts deutete auf ihr wahres Alter hin. Die Brüste waren klein, auch wenn die erregten Nippel versuchten, dem Gesamtbild mehr Größe zu verleihen.

Li wand sich aus den Berührungen Raphaelas und trat ein paar Schritte zurück.

„Gefalle ich dir?", fragte sie. Die andere Frau nickte nur.

„Schade", sagte Li. "Mehr wirst du von mir nicht bekommen: nur die Berührungen und diesen Anblick."

„Warum?"

„Du bist eine Mörderin", sagte Li. Sie lächelte. Raphaelas Augen weiteten sich vor Erstaunen. Nur kurz zeigten unkontrollierte Zuckungen im Gesicht ihre Nervosität, dann wirkte sie wie vorher: verführerisch und begehrend. Doch Li konnte sie nicht damit täuschen. Die Chinesin verfluchte sich innerlich, dass sie zu spät bemerkt hatte, wer vor ihr stand.

„Du bist gekommen, um mich zu töten."

Raphaela lachte.

„In welcher Welt lebst du? Wer macht so etwas heute noch?"

„Mir würden einige Beispiele einfallen, aber sie wären weit von der Wahrheit entfernt. Wir beide leben in einer anderen Welt. Du bist Marduks Schwert und du tötest jene, die vom Weg abgekommen sind."

„Ja", antwortete Raphaela, „ich bin die, welche einige als Marduks Schwert kennen. Aber es gibt keinen Grund, dich zu töten."

„Aber kann ich dir vertrauen? Wer sagt mir, dass du mich nach dem Liebesspiel nicht mit deinem sagenumwobenen Fähigkeiten tötest?"

„Niemand", gestand Raphaela. „Aber niemand legt sich mit Li an. Dein Ruf ist ebenso legendär wie meiner."

„Ein Grund mehr, mich zu töten und zu beweisen, dass du es kannst."

„Ich töte nicht aus Spaß."

„Um dich selbst zu zitieren: Es gibt für alles ein erstes Mal."

Raphaela schwieg. Ihr Lächeln verschwand aus ihrem Gesicht. Sie drehte sich um und verließ das Incubus.

„Schade. Vielleicht hätte ich mich doch verführen lassen sollen."

Verträumt blickte Li ihr nach und starrte immer noch auf die Tür, als Marduks Schwert schon lange verschwunden war.

Als Bär am nächsten Abend das Incubus betrat, saß Li entspannt an einem der Tische.

„Wie war es gestern?", fragte er.

„Interessant", antwortete die Chinesin lächelnd.

„Hat es Spaß gemacht?"

„Sie war eine Mörderin", sagte Li, ohne dass der Türsteher gefragt hätte.

Bär hob die Augenbrauen. „Wo ist sie jetzt?"

„Irgendwo. Ich habe sie gehen lassen."

„Wollte sie dich töten?"

„Nein."

„Aber du wolltest dich nicht verführen lassen?"

Bär grinste breit.

Li schüttelte nachdenklich den Kopf. „Ich weiß es nicht. Manchmal ist es besser, niemanden an sich heran zu lassen."

„Bis ans Ende aller Tage?"

Li wandte den Blick zur Seite und schwieg. Bär holte sich ein Bier und ging an seinen Arbeitsplatz hinter der Eingangstür.

„Ich habe sie erkannt, als sie mich berührte", flüsterte Li. "Und nur wenige können sagen, dass sie eine Begegnung mit ihr überlebt haben."

„Wer war sie?"

„Raphaela, Marduks Schwert."

„Das sagt mir nichts."

Li lächelte.

„Unsere Kulturen sind verschieden. Raphaela ist die linke Hand Marduks. Seine Vollstreckerin."

Bär seufzte. „Ich will dir nicht alles aus der Nase ziehen müssen. Ich weiß immer noch nicht wovon du redest, aber wenn sie dich nicht töten wollte, dann hättest du doch deinen Spaß mit ihr haben können."

Das hätte ich, dachte Li wehmütig, behielt ihre Gedanken aber für dich. Vielleicht würden sich ihre Wege erneut kreuzen. Und ein eiskalter Schauer lief ihr den Rücken herunter, eine Mischung aus Erregung und Furcht.

Quellenangaben

Die Liebe eines Vampirs
Erstveröffentlichung: *Die Maskerade 1* (1996)
Zweitveröffentlichung in überarbeiteter Fassung: *Blah 1*
(2006)
Onlinemagazin
http://www.traumsphaeren.de/blah/index.html

Das Geheimnis der Wolfensteins
Erstveröffentlichung: *Kurzgeschichten* 05/06

Wie der Grumpf auf die Welt kam
Erstveröffentlichung: *Kurzgeschichten* 07/05

Tamael
Erstveröffentlichung: *Kurzgeschichten* 12/05

Pyromon
Erstveröffentlichung: *Kurzgeschichten* 04/06

Freundschaft, Krieg und Frieden
Erstveröffentlichung: http://www.daemonenlust.de

Die Rückkehr der Formorer
Erstveröffentlichung: http://www.daemonenlust.de

Eine mysteriöse Frau
Erstveröffentlichung: *Kurzgeschichten* 08/07

Martin Skerhut

wurde 1972 in München geboren, schreibt seit er schreiben
kann und veröffentlicht seine meist
fantastischen/homoerotischen Geschichten seit 2004 in
verschiedenen Anthologien und Literaturzeitschriften.
Frühere Werke bleiben am Besten vor dem öffentlichen Auge
verborgen.
2007 erschien sein Kurzgeschichtenband „Dämonenlust".
2008 rief er die ROSA COUCH ins Leben, eine
schwul/lesbische Lesereihe in München.
http://www.martin-skerhut.de
http://www.dierosacouch.de

Bibliografie (Auswahl)

Dämonenlust – erschienen im dead soft Verlag, ISBN: 978-3-934442-34-4

Die Geschichte eines Pornodarstellers - erschienen in der Hörbuch-Anthologie *Gaymischte Gefühle*, Butze-Verlag, ISBN: 978-3940611017, 2008

Höllisch scharf - erschienen in *Dämonenreiche (Michael Sonntag, Herausgeber)*, Edition Paperone, ISBN: 978-3-939398-88-2, 2008

Der Succubus - erschienen in der Anthologie *Bissfest (Edith Huber, Leon N. Preuss, Herausgeber)*, Book on Demand, ISBN:978-3-837025-11-8, 2008

Elfriede - erschienen in der Anthologie *Darwins Schildkröte (Timo Bader, Nina Horvath, Bernhard Weißbecker, Herausgeber)*, Fabylon, ISBN 978-3-927071-24-7, 2008